AF398409

FREDERIC LUJÁN

El expresionista

Todos los derechos quedan reservados por el Autor
Impresión: Books on Demand GmbH, Norderstedt
Alemania
Edición, 2004

ISBN: 3-8334-1812-5

Índice

FREDERIC LUJÁN

El expresionista

Te mataré mosca de mierda

Se escuchaba un zumbido molestoso en el cuarto. Como persona tranquila, calmada, siempre serena, que nunca se dejaba dominar por las emociones, intentó no dejarse irritar por ese ruido. Se encontraba en su estudio preparando el ensayo: *"DOMINE MEJOR SUS EMOCIONES Y APRENDA A VIVIR EN ARMONIA"*, que iba a presentar como material para una ponencia en el Centro de Técnicas Curativas del Instituto Nacional de Psiquiatría. Era psicólogo de profesión, con una vasta experiencia en técnicas de motivación y autocontrol.

Pero el ruido de esa mosca de seis milímetros de tamaño con cabeza elíptica era desesperante; por momentos parecía como el sonido de una broca eléctrica que le perforaba hasta las neuronas. El animal volaba alegremente alrededor de su cabeza; a ratos se posaba sobre su escritorio, moviendo las patas como si estuviera bailando un *Merengue*, provocándole: *"A ver, atrápame si puedes"*, parecía decirle; no se dejaba atrapar. Inmediatamente emprendía vuelo rumbo a su oreja, nariz, manos y dedos. Descansaba por momentos en su frente fruncida, recorriendo las hendiduras y subiendo las lomas de su piel marcada por el tiempo; y nuevamente alzaba vuelo, explorando las partes más sensibles de su cara. A la mosca le gustaba el olor de su piel húmeda, cálida. Rastreaba su epidermis con la trompa sucia de materia orgánica en fermentación.

"Dante, cálmate, que es solo una mosca", se decía manteniendo su postura de hombre ecuánime; movía la cabeza para espantarla, abanicaba la mano.

Como psicólogo sabía cómo dominarse. Se inspiraba en los sentimientos que experimentaba en ese momento para preparar su ponencia; esbozaba sus ideas en un papel:

"La emoción es una experiencia sentida que se produce en algún punto por debajo de la nariz" Y sentía como la mosca se desplazaba bordeando su orificio nasal. Volvió a mover la cabeza, se rascó la nariz.

Se paró, arrimó a un lado la silla del escritorio y abrió la ventana.

"¿Y ahora dónde te has metido?...Ven y sal mejor por aquí", le decía. A pesar de ser un insecto despreciado y fastidioso, prefería dejarlo ir a matarlo. Dejó la ventana abierta.

El animal no era idiota, y salió de su escondite detrás de la cortina para volver a ser gala de su destreza en molestar al prójimo. Se divertía con Dante. El insecto múscido salió del cuarto, feliz y contento rumbo a la cocina para alimentarse un poco con los restos del desayuno. Al cabo de cinco minutos volvió donde Dante con la barriguita más llena, para seguir molestándolo aún con más energía: Enredaba sus patas largas delanteras a los vellos de su cuello, esparciendo miles, millones de microbios y bacterias; se desplazaba por los orificios más sensibles de su cara; espulgaba con la trompa los restos microorgánicos de su piel; se movía por el borde de su labio inferior igual que un equilibrista; se paseaba entre los dedos, uñas, y a ratos hasta por el palmar de su mano derecha.

Dante aprovechaba para escribir teorizando las molestosas experiencias con esa mosca:

"Domine sus músculos concentrándose más en la experiencia emocional. Es necesario dosificar la tolerancia por intermedio de la intensidad emocional para que el Coeficiente Intelectual (CI) se acostumbre a compartir el control con el Coeficiente Emocional (CE)"

Conclusiones muy sabias. Equilibraba los pensamientos con los sentimientos, el control de la razón por encima de la emoción.

Y volvía el insecto: se posó en la mejilla de Dante, suspendiéndose en el aire, moviendo sus alas transparentes en el vacío −vibraban a mil por segundo, como retándole a jugar. Dante seguía allí, sin dejarse avasallar por lo nervios, y acordándose de las palabras mágicas que le habían enseñado sus sabios profesores: *conceder, liberar, permitir, invitar*. Le hablaba a ese *Díptero ciclorrafo* como si fuera humano:

"¿Con qué quieres jugar conmigo, no...?", preguntó; y se acordó de otra importante regla: *"Haga ejercicio, estírese, muévase, tonifíquese, solo así estimulará mejor su conciencia física y emocional.*

Dejó lo que estaba haciendo, se echó al suelo, y comenzó a hacer un poco de abdominales. Mientras hacía sus ejercicios, hablaba con la mosca, que se había quedado prendida en el techo como un arácnido:

"No te haré caso ni tampoco de odiaré, sería cómo rebajarme, porque sé que tampoco tienes la culpa de ser así: un animal sin cerebro que se guía solamente por los instintos, ¿me comprendes?"

Contraía los músculos del abdomen con fuerza.

"Así es, porque yo no soy como tú, puedo pensar, tengo inteligencia, actúo emocional y racionalmente. Así que ya sabes, a mí no me vas a irritar."

Mientras más se movía Dante, tratando de espantar al animal, agitando sus brazos y piernas al vacío, éste más le molestaba. El insecto lo miraba atrevidamente. Y Dante, saltaba, aleteaba hombros, movía el cuerpo; y otra vez se agachaba, estiraba, volvía a encogerse, ejercicios y más ejercicios, pero nada. La mosca se había prendido a él como un parásito.

Dante se esmeraba en mantener la calma, y trataba de poner en practica las técnicas de autocontrol *behaviorista, holista, budista* y todas las que terminaran en *...ista* ; el poder del espíritu, de la mente y su energía positiva con todos sus derivados:

"Dante, por favor, ese insecto nunca de dominará, ¿entiendes? Los animales no piensan como nosotros, o mejor dicho ni piensan. Escucharé mis palabras con los ojos, el corazón, el estómago, y con

todas las otras partes de mi cuerpo donde me toque esa mosca. Me relajaré y neutralizaré la parte nociva, destructiva que hay dentro de mí y no le haré daño. Yo no me rebajaré ante ese bicho descerebrado sin inteligencia. Sí, eso es... me quitaré los zapatos y aflojaré la ropa."

Se puso más cómodo. Se tapaba los oídos para no seguir escuchando ese zumbido que parecía hacerse cada vez más agudo.

Calentó un té y volvió al cuarto algo más tranquilo para continuar con su ensayo. Respiró tres veces, contó hasta diez, y procedió a escribir el siguiente esquema para su presentación:

"Primera parte: Siéntase inteligente; Segunda parte: Viva con inteligencia; Tercera parte: Siga siendo inteligente", y empezó a desarrollar para la primera parte, los siguientes capítulos: *"1.1-Acepte lo que siente; 1.2-Viva el momento: conciencia emocional activa; 1.3-Sea empático: cómo la inteligencia se vuelve sabiduría..."*

Y así desarrollaba la teoría, capítulo por capítulo, acápite por acápite. Tenía que impresionar a sus colegas, los sicólogos.

La mosca merodeaba persistentemente alrededor de la taza de té que tenía junto a sus apuntes. Estiró sus alas y se lanzó al vacío, aterrizando justo en el borde de la taza con una precisión única: lamía con la trompa contaminada de microbios el líquido azucarado, mezclado con la saliva de Dante que se había quedado impregnada en el filo.

Dante levantó la vista por un momento para descansar un poco, y se dio cuenta que la acompañante molestosa nuevamente estaba allí, poniendo a prueba su paciencia, bañando su taza con bacterias patógenas. Sintió asco, mucho asco, contuvo una vez más ese sentimiento de antipatía y fastidio que llevaba adentro y con el afán de espantarla, dió un manotazo, botando la taza sobre su ensayo. Al ver como el líquido desparramado caliente desintegraba su trabajo —fruto del esfuerzo de horas de concentración-, su cerebro estalló en un corto circuito, se le bloquearon los pensamientos, borrándosele de la mente toda posibilidad de actitud templada, equilibrada: palideció, apareció en un ser indomable capaz de destruir la tierra en un segundo; la mosca diminuta se convirtió en un moscardón inmenso asesino que crecía y crecía; un enemigo de alta peligrosidad a quien había que matar a como de lugar.

"¡Ahora o nunca!", le gritaba "¡Ya me llegaste, carajo!... ¡Te mataré mosca de mierda!"

Gritó tan fuerte que hasta los vecinos se habían asustado. Asomaban sus cabezas para ver qué sucedía en esa casa. En ese momento Dante ya no era el de antes, sus nervios le habían traicionado. Se había transmutado en un ser fiero, arisco, rabioso, intratable, lleno de odio y animadversión: se halaba los pelos, botaba espuma por la boca, clavaba las uñas en su escritorio; se arañaba hasta sacarse sangre; se mordía los labios, la lengua, lloraba desesperado. Su paciencia había llegado al límite.

"¡Al diablo con la inteligencia emocional, qué sicología ni autocontrol ni nada, carajo!... ¡Te asesinaré *Gasterophilus intestinalis*! Apachurraré tu cuerpo, sacándote todo los líquidos... ¡Dónde estás, dónde estás, moscardón!"

Tiraba las cosas por la ventana, halaba las cortinas; destruía toda las cosas dónde ella pudiera posarse. Se fue a la cocina y agarró un mazo y un cuchillo de treinta centímetros para descuartizarla. Gritaba sin control por los cuartos y pasillos de la casa, totalmente trastornado; se enfrentaba a los armarios y estantes de libros tirando patadas, golpeando con el mazo, igual que Don Quijote luchando contra los molinos. Todo pero absolutamente todo lo que veía lo destruía: sus apuntes, ensayos de sicología, los libros de estudio de psicoanálisis y autocontrol.

"¡A la mierda con todo!... ¡Lo único que me interesa ahora eres tú, ven y enfréntate conmigo!", retaba a la mosca. Daba cabezazos contra la pared, una y otra vez.

Se imaginaba que la mosca había depositado sus huevos en los asientos de la sala, y que miles, millones de larvas se convertían en una *Hippobosca equina, Calliophora vomitoria, mosca borriquera, la*

Tsé Tsé.

"¡Sal de donde estás, carajo, que de aquí no saldrás viva!"

Levantaba los muebles de un porrazo, punzaba los cojines con el cuchillo, despegaba las alfombras del piso, cortaba los cables de las lámparas.

"Pero qué idiota... las moscas no pueden reproducirse aquí. ¡En la basura!... ¡Sí, eso es, la buscaré donde están los desperdicios!"

Regresó a la cocina y metió la cabeza en el basurero: despedazaba los restos de pellejo de carne putrefacta que había quedado de ayer; tiraba las cáscaras avinagradas de fruta al piso; las latas de conservas las hacía trizas. Lamió los platos sucios de comida que no había limpiado de hace dos días, y dijo:

"Bien, bien... así me tragaré también sus huevos y cuando defeque, veré las larvas de esas malditas moscas en mi excremento y las mataré una por una... Je-je-je" Se reía, completamente desequilibrado.

Ya era tarde, con todo lo que había roto en la sala, más los destrozos de las luces, se había quedado en tinieblas. Los vecinos que no se perdían ninguna escena, miraban sorprendidos por el balcón y comentaban preocupados:

"¿Qué le habrá pasado a Dante, él que ha sido siempre tan tranquilo y equilibrado? ¿No estará tomando drogas? ¡Pobre, se ha vuelto loco!... ¿Por qué grita así?"

La voz histérica de Dante retumbaba por el vecindario:

"Salvaré a la humanidad de este flagelo... ¡Cuídense, cuídense del moscardón, la *Tsé Tsé*!... Que yo mataré a ese *múscido* transmisor de la enfermedad del sueño... ¡PUM - PAM - PIM!" Se escuchaba los golpes secos de karateca que tiraba en forma precisa contra las paredes y puertas. Pero nada, seguía sin encontrar nada.

Comenzó a imaginarse otros escondites.

"¡Ya sé dónde podrías estar!... ¡Ajá, ajá!... ¡En el baño!"

Caminó hacia el baño sigilosamente como un felino, moviendo sus brazos en forma de serpiente, digno de todo un maestro en artes marciales. Giraba la cabeza como una lechuza; imitaba ruidos de animales para confundir a la presa. Cortó la cortina de la ducha de un solo tajo con la esperanza de encontrarla allí, pero nada. Se metió a la tina para refrescarse un poco y tomar agua. Fulminaba cada rincón del baño con la vista: raspaba la loza; metía uña y nariz en cada rincón, igual que un oso hormiguero; abría, levantaba aquí y allá.

"¡El escusado, claro, el escusado! El olor a mierda te atraerá. Cómo no se me ocurrió antes. Ahora sí que te atraparé, mosca de mierda. Ja-ja-ja... Je-je-je… Ji-ji-ji"

Levantó la tapa, se sentó y defecó una mierda apestosa, espesa. Se quedaba allí, sentado esperándola.

"¡Carajo!... ¡cómo apesta!...", y se tapaba la nariz. "Ven mi mosquita y chúpame el ano con tu trompa, igual como lo haces con las vacas y caballos. ¡Mmm, qué rico!... Te cautivaré con mi aroma" Alerta con el cuchillo carnicero por si la cogía al vuelo.

Nada, no daba indicios. Se levantó, cogió un poco del excremento y comenzó a embarrar cada rincón de la casa; mezclándolo con lo que encontraba en los basureros.

"Eso es, para que huela todo rico. Además, te tengo otra sorpresa..."

Se fue al depósito, sacó un insecticida concentrado de *DDT*, cerró todas las ventanas y puertas de la casa, roció todo el ambiente con ese veneno mortal.

"Je-je-je... Ahora sí, te mataré insecto odioso, esperaré, esperaré... Je-je-je"

Mientras esperaba a su víctima, que ya hace rato había escapado volando por una ventana, sentía que su cuerpo se debilitaba cada vez más, hasta que cayó con la lengua afuera, botando una espuma amarillenta.

La carta

Carlos agonizaba, le quedaban pocas horas de vida. Estaba acompañado por la enfermera de turno en el cuarto de cuidados intensivos de la clínica. Su cuerpo se encontraba conectado a una máquina que controlaba las pulsaciones de su débil corazón. Al fondo en una esquina, la enfermera controlaba atentamente sus signos vitales en un monitor. Su respiración era lenta. Casi no sentía el dolor de su cuerpo –hace media hora le habían inyectado una doble dosis de morfina- pero su mente estaba todavía lucida, podía recordar todo como si fuera ayer. Eran solo los órganos los que ya no le respondían. Carlos sentía como por sus venas, arterias y vasos capilares fluía esa sangre espesa, infectada con células malignas. Un tumor en el hígado había debilitado todo su sistema inmunológico y un carcinoma se propagaba agresivamente por todo el organismo. Encima del velador en un lugar visible había un sobre cerrado donde decía: *Para mi hermano Julián*; y junto a él, un número telefónico escrito con letra grande en un papel y pegado a la mesa con una cinta adhesiva. Dentro del sobre se encontraba una carta que él había escrito unos días antes con gran dificultad por los tubos que tenía inyectados en el brazo. En ella decía:

"Querido Hermano:

Quería comenzar esta carta llamándote a ti como lo hacíamos cuando estábamos juntos en el colegio, donde éramos verdaderos amigos o si me permites el denominador hermanos: Te decía *Musculín*, eso te gustaba... ¿Lo recuerdas? Desde pequeño te agradaba lucir tus músculos, tu fuerza corporal; y yo, cómo te envidiaba por tener esa anatomía, el Sansón, el Hércules de la familia. Yo fui siempre el escuálido, el de la sinusitis crónica, el de las infecciones bronquiales, neumonías y todo lo demás; siempre más enfermo y más débil que tú. ¿Y cómo es la vida, no?... pues parece que así moriré. Creo que el ácido desoxirribonucleico me salió medio defectuoso. A ti te gustaba mucho el deporte. Representabas al colegio en casi todas las disciplinas: natación, carreras de cien metros planos, vallas, salto alto, largo, triple, en triatlón, decatlón y todas las que terminaban en *"ón"* –es decir, un campeón olímpico nato. Qué tal entusiasmo y capacidad física tenías. Te clasificaste hasta en dos Bolivarianos de natación. Recuerdo que a mis padres también les diste una gran alegría, todos estábamos muy orgullosos de ti. Buena por eso, *Musculín*. ¿Practicas todavía tu *joggen*? Siempre te había gustado correr, jugar a la paleta, tenis y todo lo que sirva para mantener tu bello cuerpo de *Goliat*, bien formado. Dime mejor la verdad y nada más que la verdad, que eso quedará entre nosotros: ¿Te gustaba tu cuerpo, no? ¿Vivías para él, te complacía verte siempre en el espejo y apreciar como se desarrollaban tus fibras musculares, no era así? Y no me niegues porque te he visto; tampoco tiene nada de malo, cuántos quisieran tener esa estructura corpórea: esos paquetes musculares con esa composición de tendones, nervios y fibras. Eras toda una institución atlética, para mí la anatomía perfecta; creo que si hubieras vivido unos 450 años antes de Cristo, *Mirón* te hubiera contratado de inmediato como modelo para hacer sus esculturas: con esos brazos que parecían piernas y un abdomen más duro que el concreto. Sigue adelante, mi *Musculín*, y espero de todo corazón que no abandones nunca tus músculos, así te mantendrás siempre fuerte y sano. Cuánto no daría por tener un físico así. Discúlpame el atrevimiento de seguir llamándote *Musculín*, sé que ya han pasado varios años desde que nos vimos por última vez; me corroe la curiosidad de saber cómo se te ve ahora, pero no importa, así te guardaré siempre en el recuerdo, mi hermano fortachón.

Tú sabes que el deporte nunca me había gustado, prefería los libros: en una noche me podía comer una enciclopedia entera. Nunca olvidaré ese día en la clase de historia universal donde me había aprendido de memoria toda la historia de *Sócrates* con puntos y comas —tú también te debes de acordar, haz un esfuerzo—, me había identificado de tal manera con su vida que me imaginaba ser él mismo en persona. Los de la clase me miraban con envidia y rabia —igual que tú, mi hermano fortachón, y no lo niegues porque te decían: *Oye Julián, ¿tu hermano se reencarnó en Sócrates o qué? ¡Chupa medias de profesores! ¡Saco largo!* Al decir verdad y respetando el orden cronológico de la historia, admito que también había algo de cierto, porque claro, que después de *Platón* y *Jenofonte*, me hubiera gustado también ser discípulo de ese gran filósofo griego, maestro de todos los maestros. Quizás por eso adopté sin saber el método de la mayéutica cuando dictaba mis clases universitarias: me fascinaba instruir a los demás con preguntas inductivas. ¿Siempre fui así, no?... Gozaba luciéndome en el colegio y eso a ti nunca te gustó —¿Dime la verdad, te hacía sentir incómodo, me detestabas? ¡Confiésalo!; recuerdo que hasta nos pusieron en la misma sección, la *"B"*; querían hasta sentarnos juntos en la misma carpeta y tú te revelaste, fuiste malo, repulsivo y desconsiderado conmigo. Te juro, *Musculín*, nunca comprendí esa reacción tuya, ¿por qué tanta perturbación, si yo no mordía? ¿Qué era lo que no te gustaba de mí: mi estatura, ¿cómo me vestía? Si yo –mansa paloma- nunca te había hecho nada, era tranquilo. ¿O será porque sentías envidia, rivalidad? Sí, eso debe haber sido: porque me gustaba el estudio y a ti no, verdad. Pero a pesar de eso tú eras mi *brother*. Aunque no lo creas, pero te admiraba mucho, muchísimo, claro que a mi manera, y tú no te dabas cuenta. ¿O a lo mejor te incomodaba mi presencia porque al cambiarnos de colegio tuviste que repetir un año y yo no? ¿Tenía razón?... ¿era eso lo que te molestaba? – júralo, *Musculín*, que tampoco me voy a resentir. Habías tenido también problemas con tres cursos. Compréndeme por favor, y te lo escribo con toda la autenticidad del caso: quería simplemente demostrarte que yo también podía ser en algo tan bueno como tú, y nada más. Además, admítelo, tú nunca fuiste para el estudio ni menos para la lectura y los libros.

Los del colegio, recuerdas, eran también unos desgraciados, malos amigos, te tildaban de inepto, bruto, te apodaban: *Cerebro de pajarito* o *Turtupilín*. Jimmy y Toñín eran los que más te molestaban. Sin embargo, tú no eras el único, a mí también me fastidiaban, les gustaba poner sobrenombres a todos: a mí me decían *Platanazo, Sacuara, Maguila el Gorila, Pasmarote* –caminaba siempre colgando los brazos y doblando el tronco hacia delante-; y a las mujeres, les decían: *Mandril, la Porky*; había una que era un poquito sueltita con los hombres y la bautizaron con el nombre de *Perra...* Tú lo sabes bien, Julián; te la comiste un día en el quiosco durante el recreo largo: cerraste la puerta con candado, le bajaste la falda y... *¡bundungún!*, le metiste tu pieza, la machucaste todita, gritaba de placer. La hiciste muy feliz, pendenciero. Todavía tuviste el descaro de contármelo con lujos de detalles en la casa. Eso sí, hay que reconocerlo que con las mujeres del colegio eras experto, vivían enamoradas de ti, se te derretían todas: ¿Te acuerdas de la gorda Magali, cuando te esperaba ansiosa durante los recreos y toda cariñosa te regalaba siempre chocolate *el Cuzco* –un dulce concentrado que se usaba solo para la repostería-, hasta con dedicatoria y todo?... Haga usted memoria, hermano: terminabas con una diarrea monstruosa que bajaste de un porrazo cinco kilos. Solamente después de haber salido del colegio y te casaste, te tranquilizaste por completo; diste un vuelco de trescientos sesenta grados, mi hermano. Qué tal cambiazo que habías dado: ¿Cómo lo lograste? ¿Tuviste un encuentro con la Virgen María y te absolvió de todos tus pecados? ¿Visitaste a San Pedro? ¿Te convertiste en el Espíritu Santo? Qué te pasó don Juan, seductor irresistible de colegialas, campeón de tiro al blanco. Si tú habías sido quien me enseñó por primera vez a onanar, o como se dice vulgarmente: a correr la paja. Eso nunca lo olvidaré, y te lo digo con todo la consideración que te tengo: no debiste hacerlo, no debiste instruirme en esos placeres viriles, debiste dejarme así de inocente con la mano tranquila; porque más adelante terminó gustándome de tal manera, que me masturbaba cada hora; la mano se me volvió epiléptica; algunos pensaban que sufría hasta de *Parkinson*. Lo tengo bien presente como si fuera ayer: un día nos fuimos al baño juntos y yo todo inexperto te pregunté: *¿Cómo se hace el amor?, ¿por qué a veces en la mañana siento cosquillas en los genitales, crece y se me pone duro como palo?, ¿de qué tamaño la tienen los adultos?...* etcétera, etcétera. Y tú, hombre viril, me demostraste con lecciones prácticas cómo es que se podía estirar más rápido, y me decías: *"Qué cojudo eres, ven bájate el pantalón que te voy a enseñar primero a masturbarte. Mira, se hace así..."* Así fue, te lo cuento ahora sin pudor: te bajaste también el pantalón sin vergüenza y le diste rienda suelta a tu mano, ejercitaste tu pieza flácida con movimientos tan sincronizados que se te puso al ratito como tronco y, luego disparaste ese líquido lechoso como metralleta. Así fue, hermano mío, y no me abochorna escribirlo: fuiste tú quien me enseñó por primera vez a copular, a ejercitar la bayoneta para hacer tiros al blanco; a eyacular los espermas y sentir la felicidad en su máximo esplendor. Hacíamos hasta competencia quién la daba más rápido y escupía la lechada más lejos. Esas cosas no se olvidan, hermano: disparábamos a todas las direcciones, y tú, te sorprendías porque a pesar de yo ser más flaco y débil, la tenía grande y gruesa. A partir de allí me tomabas siempre el pelo llamándome *Jumbo*. ¡Ayayay, qué tiempos aquellos, no!

Cambiando de tema y haciendo un poco de remembranza de cuando éramos aún unos niños que cruzábamos la primaria: Yo siempre quería ser más bajo, aborrecía mi prominente estatura y para aparentar menos, andaba siempre encorvado. Los de la clase me fastidiaban siempre y yo no sabía defenderme. Era tímido, retraído. Tú, en cambio, te mantenías valiente. Sí que te hacías respetar, me sacaba el sombrero ante ti: con tu fuerza granítica, agarrabas a quien te molestaba o te ponía sobrenombres, lo llevabas al baño y lo descuartizabas sin compasión. Por tus condiciones herculianas imponías siempre mucho respeto, cómo te envidiaba. A veces te extralimitabas un poquito, por no decir te pasabas de la raya, no medías tu devastadora fuerza gladiadora. Lo puedo recordar clarito: cada vez que jugabas fulbito con los de cuarto, tirabas tales cañonazos que le rompías los lentes a uno que le decían *Huaco*... ¡Pobre, *Huaco*! Con esos pelotazos le desfigurabas la cara y lo volvías más feo de lo que era. Eso no era justo, pues, mi *Musculín* ¿Por qué le hacías eso? Si todos sabíamos que tú eras el mejor puntero del colegio, bastaba con solo mirar tus piernas de rinoceronte. ¿Era necesario demostrar tanta agresividad? Cada semana escogías a una nueva víctima. Un día con tus puños de *Trinitrotolueno*, reventaste el estomago a Arturito solamente porque no te gustaba su forma amanerada de ser. ¿Qué culpa tenía el pobre de sufrir desequilibrios hormonales?; o a Chicho, con su voz de pito, le arrojabas siempre en plena clase y sin compasión todos los restos de las frutas que comías: cáscaras de plátanos, pepas de mango, medio melón. No, querido hermano, eso no se hace. Espero que te hayas calmado un poco. Te exaltabas con facilidad. Se te hacía difícil controlar tu temperamento volcánico. Más que respeto, te tenían miedo, terror, algunos hasta miccionaban por temor a que les hicieras algo. ¿De dónde sacabas tanta fuerza, si papá y mamá nos alimentaban siempre por igual –con avena *Tres Ositos* y bastante jugo vitaminizado? Te envidiaba por tener esa fuerza. ¿Dime la verdad, o es que le dabas también a los anabólicos?

Con las palabras eras igual de explosivo que con el cuerpo. Un día en la clase de castellano, después de jugar un disputado partido de fútbol en el recreo, apareciste en clase todo sudoroso, abanicándote de calor con el libro *"Claves del Español"* –el texto básico de enseñanza-, y la profesora te preguntó muy consternada por qué no prestabas atención, y tú inmediatamente, hombre valiente, temperamental, gladiador indomable, sin importarte nada ni a nadie le contestaste: *¡A usted qué carajo le importa!* ... *¡Mona de mierda!* Los cuarenta que estábamos en el salón nos habíamos quedado pasmados, con la boca abierta. Te juro que en ese momento no sabía dónde esconder la cara, sinceramente hubiera preferido no estar allí, me moría de vergüenza. Pero a pesar de ello y muy en el fondo te admiraba, a eso se llama tener cojones, carácter, porque yo nunca me hubiera atrevido a decirle semejante cosa –a pesar de que ganas no me faltaban.¡Bravo, mi *Hércules*!, te ganaste un nombre, salvaste el honor de nuestra clase, así se hace. La insultaste con tal seguridad y convicción, entonando aguerridamente los vocablos *"carajo"* y *"mierda"*, que nos dejó atónitos. Sin embargo, prométeme que para la próxima cuando quieras inferir a una persona no emplees esos vocablos ordinarios, vulgares. ¿Dónde está la educación que nos dieron papá y mamá? Fuiste siempre muy directo y crudo, y me decías: *"al buen entendedor pocas pa-*

labras"; solo que a veces escogías cada sustantivo, verbo o adjetivo, que horrorizabas a cualquiera.

Siempre te he tenido mucho respeto, pero, no sé por qué, también miedo, o mejor dicho pavor y todas sus posibles derivados. Eras imprevisible, hermano lindo. En algunas circunstancias también se me hacía muy difícil tratar contigo, tal vez porque nuestros caracteres no armonizaban. Me gustaría darte un consejo aunque venga de un conejo: cuándo sientas que se te suba la mermelada, acuérdate mejor de la *Santa Paciencia* y verás que te irá mejor. Hablando en serio: ¿No podías acaso controlarte? La verdad, hermano de mi corazón, a veces creo que mejor debiste haber nacido en otra época, luchando junto a Julio César, conquistando el imperio Romano con armadura de hierro y la espada bien desenvainada. En este tercer milenio globalizado, de gente civilizada y tecnócrata, donde más vale la maña que la fuerza, tanto exhibicionismo ya no vale. A veces conviene usar más la tutuma, retroceder un paso para luego avanzar dos. Y por favor, si por si acaso todavía no te has calmado, pues te pediría que te apacigües —controla esos instintos recios y no te exaltes ahora conmigo, reza dos *Avemarías* y la oración de la *Serenidad*. Pero es que te lo tengo que decir: ¡Fuiste un desgraciado conmigo! ¡Injusto, abusivo! ¡Un bravucón desalmado!... ¿Recuerdas cuando jugábamos ladrones y celadores en el jardín de la casa? Me ahorcaste sin compasión con tus manos que parecían un par de alicates; creo que ese día tomaste muy en serio el rol del celador en el juego, ¿o, qué? ¡Qué barbaridad para triturarme el cogote! ¿Por qué lo hiciste, *Musculín*, contéstame, qué te tentó? ¿Si era solo un juego? ¡Carajo!... me dolió mucho, muchísimo. Pero no le dije nada a mamá, y sabes por qué, porque talvez allí sí hubieras terminado ahorcándome por completo y te hubieras quedado sin tu hermanito querido.

¿A ver, qué habría pasado, cómo habría quedado después tu conciencia, recapacita, ponte la mano en el corazón? Tus dedos se quedaron marcados en mi cuello como tatuajes. Recuerdo que demoré mucho días, semanas, en recuperarme del susto y perdonarte, pero te perdoné de todas maneras, hermano; y mejor no me preguntes por qué, pero lo hice –no soy rencoroso. Pero, tú, insensible, seguías tratándome con ojos de celador, frío, sin sentimientos, como si ese juego no hubiera terminado nunca. ¿Por qué pues tanto rencor, tanta agresividad junta? ¡Confiésate! ¿O preferías verme muerto, no era así?

Discúlpame y lamento decírtelo, pero a partir de ahí mi miedo también aumentó, pero no te lo mostraba por temor a que te aprovecharas más de mi debilidad. Pero allí estaba, latente como esperando un día el desenlace final. A pesar de tu agresividad, te admiraba, tenías algo que me llamaba la atención, me gustaba tu forma jovial y abierta de ser, eras sincero, emotivo, dadivoso. Nunca te hacías problemas, vivías solo el momento y disfrutabas de la vida. Tenías más cualidades positivas que negativas y muchas habilidades. Al pescar por ejemplo, eras todo un campeón sacando cangrejos, zambulléndote casi tres metros al fondo del mar; te introducías valientemente entre las peñas rocosas de las playas *San Bartolo, La Tiza y Santa María.* Qué agilidad, con qué destreza te trepabas sobre esos pedruscos resbaladizos, tenías tal dominio de tu cuerpo que yo mismo me sorprendía. Un temerario pescador. Hubieras podido ser la inspiración de Ernest Hemingway para su personaje principal en: *"el Viejo y el Mar"* –Talvez le cambiaría el nombre por: *"el Musculín y el Mar."* Te podías quedar horas y horas en la misma posición, esperando a que un pez picara tu anzuelo. ¡Carajo! ... ¡y sí que lo lograbas! Lo que pescabas no eran peces sino cetáceos, esos animales eran gigantescos. Viniste un día a casa todo orgulloso y llenaste la tina de esos cangrejos inmensos.

Traías otra veces pulpos y otras especies acuáticas raras. Te despertabas temprano (cinco de la madrugada o algo así), correteabas por toda la orilla y atrapabas los *Lenguados* con la mano con una presteza soberana. ¡Qué tal rapidez! Por un tiempo tu afición a la pesca fue tan grande que le dijiste a mi mamá un día que querías ser igual que *Tumba* –un pescador veterano que proveía siempre pescados frescos a los restaurantes más conocidos de la playa-; querías tener un barquito y perderte en el mar hasta que caiga el sol y regresar con todo un cargamento de animales oceánicos. A nosotros nos sorprendiste con tu propuesta, palabra que por un momento me pareció que hablabas en serio: lo dijiste con tal firmeza y convicción, que me dejaste más congelado que el océano *Ártico*.

Me hubiera gustado tener siquiera la tercera parte de todas tus cualidades. Nadie te podía ganar, para mí eras el mejor, tenías oro en tus manos. Pintabas también muy bonito, hasta ahora guardo los retratos que hiciste de papá y mamá en la casa, son hermosos; además, de todos los otros trabajos manuales que solías hacer, uno más ingenioso que el otro: la lámpara de cartón, esas cometas inmensas que podían volar tan alto, la mesa de madera que la usábamos para las parrillas, y muchas otras cosas más. Ojalá sigas con esas inclinaciones artísticas; uno nunca sabe, a lo mejor un día, a alguien se le ocurra hacer una subasta pública de todos tus trabajos y ahí sí... ¡agárrate Catalina!, podrían valer mucho más de lo que te imaginas. Así que ya sabes, mi hermano artistón: a guardar bajo llave y con candado todos tus trabajos –¿me lo prometes, que hablo en serio?-; no todos tienen ese don que poseen tus manos.

Yo me incliné por algo más abstracto: el estudio, una carrera, seguir una profesión sólida para poder ganar dinero, mucho dinero y ser famoso. Quería demostrarte que yo también sabía hacer algo: y escogí la carrera de Administración de Empresas. Ambicionaba ser jefe, sí, eso quería ser, un gerente inquebrantable, que no se dejara influir por nadie –como dicen los americanos con sus palabritas de moda: un *manager, to be the business*-; quería tener bajo mi mando a muchas personas. Desde pequeño me gustaba que los otros hicieran los trabajos menores y que trabajaran solamente en pro de mis metas. Disfrutaba más organizando, planificando actividades con otros; los engañaba vilmente, porque les hacía creer que conmigo podrían alcanzar más fácilmente sus objetivos. Fui un falso líder, un reformador egoísta. Me extralimitaba con las órdenes de trabajo, exageraba con las metas –a veces inalcanzables- un soñador de cosas grandes, fama y éxito. Vivía ciego de la realidad, sin disfrutar nunca del momento. Y tú te dabas cuenta y comenzaste a despreciarme, a mirarme con malos ojos –igual que ese día cuando me trituraste el cogote jugando a los ladrones y celadores. Confiésalo, franquéate conmigo hermano, que ya no tengo nada que perder: ¿Era así, no? ¿No me engañes, mira que te escribo con el corazón? Tú habías sido siempre más conformista que yo, más sencillo: vivir la vida era tu lema. Qué curioso, después de todos estos años, y ahora que me encuentro tirado en esta maldita cama, esperando la muerte, puedo comprenderte mejor el verdadero porqué de tu forma de ser. Así es, recién ahora cuando ya no puedo hacer nada, me he dado cuenta de lo verdaderamente valioso en la vida. Ahora te digo con franqueza: ¡Caramba, hermano!... Tú sí que sabías aprovechar de tu existencia. Ahora te envidio más que nunca. ¡Mierda!... me he dado cuenta muy tarde. Yo que te advertía todo orgulloso: *"Ya verás que un día de éstos..."* o *"Cuándo logre ésto o lo otro..."*; y tú me refutabas moviendo la cabeza: *"Tú eres un idiota, no sabes vivir. Ay, Carlitos, ¿cuándo aprenderás?"* Ahora aquí, postrado en este lecho de dolor, esperando que el cáncer termine de carcomerme el cuerpo y luego me devoren los gusanos, me pregunto: ¿Qué es lo que en verdad logré en la vida si nunca fui feliz? ¿Hice algo productivo para los demás aparte de solo trabajar y ganar dinero? ¿Es eso vivir? ¿Es acaso tener éxito demostrar que uno sabe más que el otro sin aplicar a conciencia las cosas que uno divulga? Ahora pongo las cosas en una balanza y reflexiono: ¿De qué me valió el éxito si nunca lo compartí con nadie? ¿Adónde me llevó ese borrascoso camino que yo elegí y que ahora terminará? ¿Fui en verdad sincero conmigo mismo? ¿Escogí la ruta adecuada para ser alguien? ¿Qué ejemplo he dejado a los demás, cuáles han sido mis logros?... Pues me contestaré yo mismo: solo un poco de dinero que tengo depositado en una cuenta corriente y que nadie lo puede tocar porque es intransferible, la póliza de un seguro de renta y un carro viejo que ahora espera a que un día alguien lo maneje o lo demuela como chatarra, y nada más. Eso es lo que he logrado en la vida, mi apreciado Julián. Si quieres, te puedes también quedar con todo En pocas palabras ¡no logré nada en estos puta años de existencia!, ¡absolutamente nada! Moriré solo, vacío, solitario en este cuarto, sin amigos ni familia ni nadie quien me quiera. Talvez te reirás de mí e incluso te complacerá —la venganza es dulce-, y lo puedes hacer, que tampoco me molestaré. Yo sé que fui el único culpable de mi desdicha y nadie más. Fui un imbécil, sí, un pobre y triste imbécil, y no me avergüenzo ahora de decírtelo porque nunca viví el momento: esos minutos, horas, días, semanas, meses y años que se iban cada vez más rápidos y que no volverán nunca más. Mi ego cada día se inflaba más y más, parecía un globo aerostático, volaba sobre nubes. Nadie, pero absolutamente nadie podía saber más que yo; me consideraba el Dios de la sapiencia, el *Sócrates* del siglo veinte, un teórico omnipotente que nada practicaba. Asimilaba conocimientos de otros, aprendía de memoria libros. Ahora me pregunto golpeándome con piedras en el pecho: ¿Para qué tanta teoría sino supe nunca aplicarla con sabiduría? Fui solo un descarriado que andaba por un camino vacío, frío, lleno de vanidad y codicia. ¿Qué diferente éramos, no hermano? Te congratulo y a la vez de envidio porque ahora eres RICO; sí, y no te rías que hablo en serio, hasta te lo marcaría en el frente: posees ese gran tesoro llamado PAZ y ALEGRÍA que yo nunca tuve. Enhorabuena, mi *Musculín*, te mereces un nuevo título académico: *A nombre de la Nación, el Rector de la "Universidad de la Vida" otorga el título de "Doctor en Paz y Alegría" a don Julián Córdova García.* ¿Qué tal?... ¿Te gusta? Eres DOCTOR, el Doctor Julián Córdova; te puedes sentir importante, ya que yo me quedé solo con Licenciado. ¿De qué me valió ese rótulo si por adentro siempre fui vacío?

Me dio mucha pena que después de la muerte de mamá nuestra hermandad se haya resquebrajado por completo. Mamá había sido mi único consuelo y sustento emocional, la quería horrores. No sé por qué, pero tú siempre habías creído que ella me engreía solo a mí, como si yo fuera su hijo mimado. Pues te equivocas rotundamente hermano, y pongo la mano sobre la sagrada Biblia: por el contrario, ella era capaz de dar su vida por nosotros, nos quería a los dos por igual. No olvides nunca que fue ella quien nos engendró y protegió en su vientre y nos hizo también grandes; solo que yo desde chico siempre fui algo más débil que tú: el enfermo y raquítico. ¿O es que ya se te olvidó cuando me internaban siempre en la clínica cada vez que me venía la gripe?... Podían freírme hasta huevos en la frente por las fiebres que me venían; ni los supositorios de elefante con vaselina que me ponía y que me irritaban el ano la podían bajar. Por eso es que mamá me protegía un poco más a mí. Tú en cambio siempre fuiste el toro de la familia, nunca te enfermabas. No lloré delante de ti cuando ella murió, simplemente para demostrarte que también podía ser tan fuerte como tú; luego en casa y a escondidas no aguanté más y explote en un llanto descontrolado, tenía ganas hasta de quitarme la vida; y tú, hermano aguantador y fuerte, por primera vez mostraste también tu lado débil: inundaste de llanto el velatorio delante de todo el mundo y me dijiste sin medir las consecuencias de tus palabras: que yo era un insensible, frío como el hielo, que ni llorar podía. Te juro que ese día me partiste el alma, me acusaste infundadamente, y yo te contesté con un nudo en la garganta: *"Cómo es posible que me digas eso, si fui yo quien la acompañé siempre en su lecho de dolor, ayudándola en todo, en las buenas y en las malas."* Ese día fuiste muy injusto conmigo, te comportaste vilmente como si yo fuese un hombre sin corazón, un mal hijo que no quería a su madre. ¡No, Julián! ¡Eso sí que no! Yo también tengo mi corazoncito, quizás no tan grande como el tuyo, pero lo tengo. Ese día sufrí doblemente: uno por la muerte de mi madre, y otro por ti, porque me decepcionaste profundamente. Te perdoné muchas cosas en la vida pero eso de haberme llamado insensible ante la muerte de mi mamá, creo no te lo perdonaré ni aún después de muerto.

En esa época me esforzaba por querer ser una persona famosa, buscaba las relaciones con gente influyente, importante entre comillas; anhelaba ser como ellos, donde la notoriedad y el materialismo se encontraba en primer plano. Fue así como tú y yo casi ni nos veíamos. Fue el inicio del fin entre nosotros. ¡Lo sé!... y por favor no me digas ahora nada, lo puedo leer en tus pensamientos: eso nunca te había gustado, no comprendías mi forma egoísta y utilitaria de proceder. Y es también cierto que nunca me interesó tu opinión. Perdóname, Julián, lo único que yo quería era alcanzar a como de lugar mis objetivos y nadie, ni tú, podían impedirlo. Si quieres, ahora pégame a puñetazos, ven y mátame de una vez (me harías un gran favor), quítame de una vez la vida. Quería también hacerte de menos. Me deleitaba rebajándote: tú trabajabas en una agencia naviera haciendo trabajos menores, o qué sé yo, y yo, ya era jefe de un laboratorio transnacional y enseñaba en la universidad. Qué bien que me sentía así, viéndote abajo, disminuido, machacándote el orgullo, cómo si todo las cosas que yo hacía, hubieran sido lo más importante en la vida. Tú no me decías nada, más bien me ignorabas de una forma muy astuta, me observabas de lejos, siguiendo cada cosa que hacía y cómo me comportaba. Ignoraste siempre mis logros, y eso, ¡cómo me reventaba! —dime acaso que estoy equivocado; lo notaba clarito, me amargaba tu indiferencia, menospreciabas mi esfuerzo y eso me dolía. Lo hacías a propósito para que sintiera las punzadas de mi falso orgullo. ¡Sí, eso había sido!... Y no me digas ahora que es mentira, Julián. Tú no solamente has sido más fuerte físicamente, sino que además, demostraste ser más sabio, no te dejaste nunca afectar por mis malas intenciones. ¡Carajo!, cómo admiro tu vivacidad y esa forma siempre abierta y franca de ser. Créeme ahora estoy arrepentido... ¡Perdóname, perdóname, hermano de mi corazón! Yo el académico sabelotodo y tú el bruto, el menos capaz e incompetente; yo el jefe todopoderoso y tú el pobrecito empleadito de oficina, subordinado, dependiente. ¡Cómo he podido ser tan desalmado contigo! Sé que pequé y ojalá que el de arriba también me perdone, pero me regocijaba con esas comparaciones pecaminosas, deshonestas, endebles, falsas. Por más que tratabas de disimular se te notaba el malestar en la cara, te acalorabas con facilidad, y yo me divertía de lo lindo. Todo había sido una farsa, hermano, una ficción que ahora quisiera borrar: yo era en verdad el acomplejado; tú valías mucho más de lo que te imaginabas. Y te lo digo no porque ahora me estoy muriendo sino porque siempre lo he pensado así.

Recuerdo un día que me dijiste: *Ya para de hacerte siempre el importante que vas a ganar solo enemigos. A nadie le interesa tus éxitos.* Qué sabias palabras, hermano, porque así fue verdaderamente, nunca pude vivir en paz, me gané de muchos enemigos; mi vida fue una constante lucha. Y tú me mirabas con una mezcla de sentimientos, creo que con más pena, que molestia. Te había desilusionando por completo. Estudié otras especialidades, quería hacerme más conocido en el ámbito profesional, buscaba solo la fama, notoriedad, popularidad, me encantaba tomar la delantera en todo. Vendí mi alma al diablo, lo reconozco, y ahora te doy toda la razón. Tú seguiste trabajando en lo mismo durante un tiempo y te decidiste por algo muy inteligente: casarte para formar una familia. ¡Bravo hermano! Supiste escoger el camino indicado. Conociste a tu mujer en tu trabajo y como era también de esperar, a mí ella nunca me agradó —no nos podíamos ver ni en pintura. ¿De seguro que tu mujer también te hablaba pestes de mí? Claro, cómo no... si eran marido y mujer, vivían el uno para el otro, se amaban, se querían con pasión, como un par de tortolitos. ¡Cuñadita!... A Usted sí que no la puedo tutear, si me permite, y con todo el respeto que le tengo, le escribo también estas líneas: Por favor, cuñadita... ¿No se amargue pues conmigo, cámbieme de cara, piense más bien en cosas positivas, en el amor que le tiene a su marido, vuelque toda su energía y conviértala en pasiones de amor, sí? ¿Le sigue preparando su plato preferido con frijoles: y espero que sean los *canarios* porque los *negros*, sí que lo hinchan a uno, qué tales flatulencias? ¿Julián ya debe tener barriguita, no? Carambas... cómo le engreía Usted siempre con la comida. No tenga temor, métale nomás cuchara en la cocina, que a nuestra edad ya la pinta es lo de menos. Cuñadita, por favor, ya no me odie más, mire que estoy arrepentido de todos mis pecados veniales porque de los mortales, mejor ni le cuento, eso será tarea de San Pedro. Lo único que quisiera decirle es que tenga también misericordia con este pechito que está enfermito. Mire que me estoy muriendo, cuñadita, ¿no me tiene acaso pena?; tenga pues un poquito de compasión que tan malo no soy: quizás un poco mujeriego con inclinaciones algo livianas. ¿Qué?... ¿no me cree? Bueno, pues, o si quiere, llámelo con toda confianza: tendencias libidinosas, que tampoco me avergüenzo. Pero con usted nunca me he metido, ¡ni en pensamieto, por favor! –prefiero la rubias y con minifaldas (por si acaso es broma). ¿No me aborrezca, pues, cuñadita? Piense en los católicos, en Cristo que murió por nosotros los pecadores en la cruz (yo también lo haré, pero echado en esta maldita cama). ¿Quiere que le diga algo?... Usted se ha casado con el mejor marido del mundo: Julián es un esposo abnegado y muy fiel, incapaz de acostarse con mujeres intrusas y putañeras como yo; su corazón late solamente para usted, señora cuñadita, palabra de hermano; pongo hasta mi mano huesuda al fuego por él. Sí, sí, ya sé... Usted se preguntará: ¿Y que fue de esa noche cuando llegó tarde oliendo a ese perfume penetrante *Chanel Nr.5*?... No se preocupe, cuñadita, estese tranquila que yo fui el culpable: lo tenté a que se acostara con Nani; es que la carne es débil, Usted compréndalo por favor, no sea rencorosa que Dios castiga; aprenda a perdonar. Sé que nunca debí hacerlo y Usted disculpe, pero Usted siempre me pareció una mujer muy seria, demasiado formal para mi hermano; quería solamente que se soltara un poquito esa noche. A Nani le gustaba también los tipos musculosos y bien formados: *"¡Ayayay, qué guapo, me gané la lotería!"*, exclamó ella toda caliente, y... ¡suácate!, se aventó a lenguazos a mi hermano. Felizmente que terminó en besuqueo nomás, yo mismo los separé, y le dije a Julián: *"Julián, contrólate un poco, la noche también hay que compartirla, ella es para mí. Cálmate que tú ya estás casado, reserva mejor tus municiones para tu mujer."* Eso fue todo, cuñadita. ¿Ya ve que no había pasado nada?... Así que le pediría encarecidamente que en este momento, sea buena, acérquese donde su marido y demuéstrele ese gran amor que le tiene: béselo, mímelo, cocine sus frijoles flatulentos y dígale lo mucho que le quiere. ¿Me lo promete? Mire que pronto yo le estaré también vigilando desde arriba o desde el infierno, no importa.

Y tú, mi querido hermano, también no me mires ahora con mala cara, sabes perfectamente que nunca he podido con mi espíritu mujeriego: un día con Pocha y otro con Chichi, etcétera, etcétera; nunca nada fijo; conviviendo solo con putas refinadas, probando conchas peludas, culos y tetas. No, hermano, tú eras muy diferente: amabas verdaderamente a tu mujer, dabas todo por ella, se te notaba en los ojos. Tus sentimientos eran honrados. Quién como tú porque yo nunca había amado a nadie, más que a mí mismo: prefería los amores de una noche —y mejor ni me preguntes con cuántas porque ni me acuerdo. La única relación que duró un poco más de los nueve meses fue con Karina, pero que luego la mandé al diablo porque me estaba estorbando: Yo viajaba mucho a provincias y eso me estresaba. ¡Ay, hermano, si te contara!... Por esa época yo era un jodido de mierda, un juerguero insoportable, quedó hasta escrito en los anales de la historia del vicio y perdición limeña: mi pinga se revoloteaba como culebra, nadie podía frenarme; me creía un supermacho, hacía lo que me daba la gana.

Sin embargo, hermano, y por más que casi ni nos veíamos, nunca podía olvidarte, te tenía siempre muy presente. Te admiraba no solo por tú forma de ser, sino porque, además, vivías con una mujer que te amaba, igual que tú a ella; compartían juntos los momentos buenos y malos de la vida. Querías formar un hogar temprano, te gustaba la vida familiar y les dijiste a mis padres que te mudarías a un departamento más grande como para preparar la cría. Tenías otras metas en la vida, querías tener hijos para poder brindarles una adecuada educación, afecto y mucho cariño; formar un hogar con calor humano, transparente. ¡Mi hermano!... te trazaste los objetivos más nobles y que darían un verdadero sentido a tu vida: LA FAMILIA. No como yo que terminé solo, sin nadie, viviendo del recuerdo, frustrado y enfermo. Recién cuando tus dos hijos se hicieron grandes, pude también comprender por qué es que le habías dado siempre más importancia a la familia: tus hijos Julián Jr. y Enriquito, habían sido tus mejores logros –un par de muchachos fuertes, sanos, bien educados y muy inteligentes. ¡Bravo, hermano, así se hace! Cuánto me gustaría ahora abrazarte y decirte: *"Musculín, tú eres un hombre de pundonor, un ejemplo de padre y esposo abnegado."* ¿Por qué no pude ser como tú, si crecimos juntos, bajo las mismas condiciones, con los mejores padres del mundo y que nos querían a los dos por igual? ¿Por qué, por qué, Julián? ¿Por qué malgasté tontamente mi energía en cosas superfluas, sin sentido? Ahora, desgraciadamente ya es tarde, todo se oscurece. ¡Me estoy muriendo, hermano! Sí, ya pronto me iré... ¿de repente cuando termine esta carta, o dentro de una hora, en esta noche, o talvez mañana? Me marcharé para siempre; entregaré mi cuerpo y voluntad al *Todopoderoso*; porque eso sí Julián, habré sido un mal hermano, desconsiderado, egoísta y putañero, pero la fe en Dios nunca la he perdido, me hicieron católico y moriré como tal. Como último deseo me gustaría que llegado el momento, me bendijera un cura con los santos óleos y me dieran también cristiana sepultura. Eso sería todo. ¿Por qué es que nos separamos y comenzamos a odiarnos, hermano, si en el fondo, en lo más profundo de mi ser quería ser siempre como tú? ¿Por qué es que recién después de cincuenta años me doy cuenta cómo he desperdiciado tontamente mi vida? Si tan solo te hubiera hecho caso y hubiera aprendido de mis errores, todo habría sido mucho más fácil. ¿Ahora a dónde me iré? ¿Qué vendrá después?... No lo sé, ni tampoco me interesa. Lo único que deseo en este momento es estar bien con mi alma, por eso que te escribo esta carta; y te lo afirmo por última vez, aunque seguro que no me lo creas: tú eres y serás siempre mi ADMIRADO HERMANO.

Cuídate mucho *Musculín,* y no cambies nunca. Tú hermano que te quiere, Carlos."

La enfermera vio en la pantalla de control que las pulsaciones de su corazón eran irregulares: sus curvas marcaban picos altos y bajos con gran frecuencia y en intervalos muy cortos. Eran ya los síntomas irremediables de la muerte que se avecinaba. Se paró y atinó a llamar rápido a ese teléfono que Carlos había escrito en el papel.

"Aló... ¿quién habla?", contestó una voz ronca. Por suerte era Julián.

"¿Es usted pariente del señor Carlos Córdova García?"

Silencio en la línea, se demoró en captar de qué se trataba. Y se acordó que tenía un hermano.

"Sí, soy su hermano", balbuceó sorprendido. Pasó saliva. Hace como quince años que no habían establecido contacto. Se veían esporádicamente.

"Venga por favor rápido a la *Clínica Americana,* sala de cuidados intensivos, segundo piso, cuarto número 201 B. Su hermano está muy mal, está agonizando."

A los veinte minutos apareció Julián solo, muy nervioso, el corazón le latía fuerte. En el cuarto, a pesar de ser más que un lecho de dolor y de espera a la muerte, se percibía paz, tranquilidad. Eran las diez de la mañana, afuera resplandecía el sol.

Julián se acercó a él sin saber que decirle, cómo comportarse. A él le remordía también la conciencia. Revivió por un instante todas las cosas buenas y malas que habían hecho juntos. Carlos se encontraba muy demacrado, el carcinoma le había deformado la cara. Tenía los ojos cerrados, como si estuviera durmiendo. Se sentó junto a su delgado cuerpo, agarró su mano todavía tibia y, vio el sobre que estaba con su nombre encima de la mesita. Lo abrió desesperado. Cuando terminó de leer la última línea de la carta, Carlos inhaló fuerte una bocanada de aire, abrió sus ojos y le sonrió. De pronto el monitor dibujó una línea recta continua con un chillido agudo. Julián lo sacudió, sintió en ese momento una mezcla de emociones que no podía controlar: quería reconciliarse nuevamente con su hermano y decirle lo mucho que también lo quería. Explotó en llanto, lloró, lloró mucho, pero ya era tarde, había muerto.

La venganza

Jaime entró sigilosamente al cuarto, miró a su mujer: *"¡UF, de la que me salvé!, menos mal que está dormida"*, pensó. Se quitó rápidamente la ropa y la botó en la cesta de ropa sucia. Chequeó el despertador: *"Hmm, tres y media de la mañana... qué bien, esta vez llegué un poco más temprano."* Su corazón comenzó a latir descontroladamente, sufría de una dolencia crónica en las coronarias y para evitar que le vengan esos dolores agudos en el pecho, se colocó una pastilla debajo de la lengua. Sentado en el filo de la cama esperó a que se le pasara el malestar, respiraba con dificultad; se masajeaba el pecho en círculos. Ya más aliviado se metió en la cama, se acurrucó a un lado y se quedó dormido.

Los gorriones y palomas cantaban afuera, eran como las ocho de la mañana. Lucía se encontraba despierta hace rato. Casi tres años que su marido le hacía lo mismo: siempre engañándole con otras. Era un sinvergüenza y mujeriego. En estos últimos años la situación entre los dos se había tornado intolerable. Los vecinos y familiares le aconsejaban a ella que mejor se separasen, él ya no tenía remedio. La mujer sufría mucho, emocionalmente se encontraba desecha. Esta vez ya no aguantó más y decidió terminar de una vez con esta farsa.

"Grandísimo pendejo, debería cortarte el órgano para que quedes un eunuco. No te da vergüenza, a tus cincuenta y un años, acos-

tándote siempre con chiquillas. *¿Crees que no me doy cuenta? He sido muy buena y tolerante contigo, pero esto se acabó, cabrón. Ahora pagarás con tu misma arma. No sé cómo he podido aguantarte cinco años, siempre cuidando de que no te agitaras por tu enfermedad coronaria. Atendiéndote con dietas rigurosas, sin grasas, tus calditos de gallina, sudaditos de pescado. Cuidando de que tomes la pastillita roja contra la hipertensión, la blanca para las coronarias, la rosada para la digestión. Las visitas a los médicos, tus ejercicios terapéuticos... ¡Qué imbécil que he sido por Dios!"* Todos esos pensamientos pasaban como relámpago por su mente. Se sentía desengañada, defraudada. Miraba como él dormía, parecía una momia, boca arriba, con los pies bien estirados y el pene parado como un obelisco.

"Esta vez ya no, Jaime", movía la cabeza con sentimientos mezclados.

"Ya me cansé, recibirás lo que te mereces. Por qué no le hice caso a mi hermana cuando me decía que mejor me cuidara porque tenías pinta de mujeriego, y yo, toda inocente no le creí. Y creí más en esa cara de mansa paloma, de niño inocente que me ponías siempre."

Se sentó bruscamente, tiró de sus frazadas con violencia. Miró hacia fuera. Por la ventana entraban los rayos solares por entre las persianas.

"¡Tremendo pendejazo que me resultó!... ¡Por qué, por qué!" Miraba el calzoncillo alzado como una carpa. *"Apuesto que estás pensando solo en vaginas, potos y todo lo que tenga huecos."* Le provocó cercenarlo en pedacitos *"¿Acaso yo no te hago feliz, no te gusta mi cuerpo? ¿Qué tienen esas chiquillas putas qué no tenga yo?"*

Se miraba el cuerpo, palpaba sus senos, sus macizas piernas, volteó su mirada ligeramente hacia atrás para ver su trasero: *"No está nada mal... tendré mis añitos, pero este poto todavía está bueno."* Tenía un poto grande y bien formado, estaba orgullosa de su cuerpo. *"¡A ver, contéstame!... ¿Por qué quieres siempre más y más, no te gusta acaso mi culo? ¿Acaso no he sido tu puta en la cama en estos cinco años que llevamos de casados? Cuántas veces te la he mamado, pendejo, tomé hasta tu asquerosa leche, y todo por ti, Jaime. ¡Mierda, porque te he querido!"* Se volvió a tapar con la frazada. *"Siempre buscando chiquillas, viejo verde. Podrían ser tus hijas, infanticida. No eres más que un enfermo, un corrompido sexual."*

Jaime roncaba plácidamente, respiraba con la boca abierta. Le tocó la puntita del pene, medía sus reacciones; lo tenía dilatado, se movía: *"¿Qué estarás soñando, cabrón?"*, se preguntaba. Se echó a su costado, apoyaba la cabeza con la mano izquierda: *"¿La 69, el salto del fraile, el hueco negro, batida de chocolate?... ¡Ah, no, tú eres el colmo!"*

Acercó su cara a la de él para olerle el aliento.

"¡Mierda, apestas a trago! Veo que tomaste ayer por lo menos diez Margaritas. Seguro que todavía no se te olvidó la orgía."

Comenzó también a olerse ella misma, le gustaba el humor de su piel de mujer madura, palpaba su consistencia: *"Con mis cuarenta y siete no se me ve tan mal, creo que podría todavía conquistar a otros hombres"*, se consolaba.

Lo pellizcó a ver si se despertaba. Conocía tan bien a su marido que podía leerle los pensamientos; le hablaba despacito, pero con tono acusador: *"A ver, con cuántas te has acostado ayer, cuántas te chuparon ese rabo, para eso eres campeón, ¿no?... ¡Cómo te odio, naciste acéfalo y sin sentimientos! ¡Tú cerebro lo tienes en el pene!"*, le volvió a pellizcar fuerte. Pero él nada, tenía un sueño muy profundo.

"Apuesto que con tal de calmar tu libido, te acuestas también con animales, chivos, cabras, caballos", divagaba en voz alta.

Él se volteó a un lado, gesticuló algo que no se entendía, se le atracaba a menudo el aire en la garganta. El calzoncillo se le había bajado un poco, tenía sus nalgas arrugadas y fofas. Soltó una flatulencia larga y sonora.

"¡Encima eres un cochino, puerco!", le gritó fuerte, se tapó la nariz un rato. Él seguía durmiendo como un bebé.

Ella se quitó el pijama. Era una mujer corpulenta, fuerte, de caderas anchas y un trasero que imponía respeto. Desnuda salió de la cama, sus senos grandes y duros se balanceaban y, sin pensarlo mucho agarró los medicamentos de su marido, que guardaba en el velador, corrió a la cocina y botó todo al incinerador.

El dormitorio apestaba a alcohol y a ese sudor fétido, dulzón de mala noche. Abrió la ventana para que se ventilara un poco. Ella ya lo había decidido: quería vengarse. Le tiró un almohadazo para que se despertara.

"¡No, no, yo no fui!", exclamó Jaime asustado; delatándose. Haló su almohada y se cubrió la cara instintivamente. Su corazón comenzó a latir fuerte, sentía punzadas en el pecho que parecían agujas.

"¡Por qué me haces eso, amorcito!... ¡carambas, me has asustado! Ya se te olvidó que por prescripción médica tengo que cuidarme de las emociones fuertes.", reaccionó. Miraba a su mujer con unos ojos que parecían lechuza y escondía su cuerpo raquítico debajo de la frazada; le sonreía hipócritamente.

"Ji-ji-ji... amorcito, mi vida, cuchicuchi, titi de mi corazón, ¿por qué no me dejas dormir un poco más? Es que ayer... Ji-ji-ji, tuve un día de trabajo muy fuerte, cariño... Ji-ji-ji", le hablaba dulcemente. No soltaba la frazada para nada; por más que se envolvía no conseguía disimular el montículo elevado.

"¿Hmm, así que trabajo, no?... Fíjate nomás cómo la tienes, dura como un palo."

Ella no despegaba la mirada de su pene, quería empezar de una vez con su venganza, y comenzó a fingir estar excitada, sabía que eso le gustaba:

"Hoy seré tu dómina y tú mi esclavo, mi amor... ¿quieres?", le hablaba achinando los ojos y mordiendo los labios.

Se paró delante de él y comenzó a mostrarle las bondades de su cuerpo compacto y con curvas prominentes. Él estaba emocionado, nunca la había visto así. Su corazón no paraba de bombear sangre con fuerza; su cara de mala noche comenzaba a adquirir un color más rosado.

"¿Dómina?...¿dijiste, dómina?" No lo podía creer, los ojos le brillaban. "Qué tienes, mujer, te has vuelto loca... ahora, a las nueve de la mañana. Perooo... Luci, si tú nunca me has propuesto eso." Metió la mano debajo del calzoncillo, jugaba con sus testículos. "¿Por qué no me traes mejor agüita, no seas mala, tengo la garganta hecha fuego?", sentía como le latía el pene."Si quieres más tarde lo hacemos... ¿anda, sí?"

"No... hablo en serio, quiero hacer el amor contigo ahora. Te traeré mejor una cerveza heladita, qué te parece, ¿sí?" Le mostraba sus senos caídos pero compactos, con unos pezones grandes y negros que parecían chupones; movía atrevidamente su cadera ancha, enseñando su poto de rumbera. Sabía cómo excitarlo.

Mientras él la miraba, su imaginación revivía y comparaba todo lo que había hecho anoche con Lolita (su nueva querida): *"¿Qué le pasa ahora a la vieja que quiere seducirme?"*, no despegaba la vista de su poto *"Aunque tiene mejor culo que Lola, durito, como me gusta a mí."* Comenzó a ejercitar su pieza escondido *"Si tanto insistes, pues entonces te la meteré por el hueco chico hasta que te salga sangre."*

La observaba como un obsesionado sexual, un degenerado: con la boca abierta, la saliva que se acumulaba y los ojos blancos. Todavía no podía olvidar la noche fogosa que había pasado con Lola: *"Ay qué rica eres, mi Lolita, cómo extraño tu conchita que parece un tulipán rosadito. Pero no te preocupes, mi amor, que le meteré la pinga a esta vieja a nombre tuyo y cómo a ti te gusta."* Su masa eréctil se dilataba cada vez más.

Lucía era una mujer muy inteligente, sabía en lo que estaba pensando el morboso de su marido, y le dijo:

"¿Y, Jimmy, qué dices?... lo haremos como a ti te gusta, por atrás. Mira..." Y abría las nalgas para que le viera el ano.

Eso era lo que le gustaba: el sexo perverso, inocuo, asqueroso. Sería la primera vez que tendría el sexo anal con su mujer. Su ánimo cambió inmediatamente, pero se hacía todavía de rogar el muy sinvergüenza:

"Esteee... bueno, pues, ¿si así lo quieres? Tráeme entonces una botellita. Ah, y escoge mejor una de abajo, están más heladas, ¿okey?" Y salieron a relucir sus instintos de hombre perverso: Se quitó el calzoncillo sin escrúpulos y comenzó a enseñarle delante de sus ojos la pinga toda erecta. Se le había puesto grande y gruesa.

Lucía se horrorizó y pensó asustada: *"¡Ay que horror, encima se ha vuelto burro! Ojalá que no me haga daño."* Pero si no lo hacía hoy sabía que no lo haría nunca. Era el momento de actuar.

"Bien, Jimmy (así lo llamaba cada vez que le fingía cariño), traeré entonces dos."

"¡Perfecto!... Así se hace, estás con toda la chispa, mi amor, Je-je-je. Te quiero mucho, Luci. Me gusta que me llames Jimmy... Je-je-je", quería hacerse el gracioso con ella. Volvió a recordar a su querida: *"Lolita mía, discúlpame, pero no todo se puede tener en la vida, si tuvieras el poto de mi mujer, ahí sí que serías perfecta, me divorciaría de ella y me casaría contigo"*, seguía sobándose la pieza de burro.

Lucía por dentro explotaba de furia e indignación, ella misma se sorprendía de lo que estaba haciendo. Sentía repugnancia, odio, hasta ganas de vomitar. Pero tenía que ser valiente y continuar con su plan de venganza.

"Ya vengo, Jimmy", le dijo, y botó deliberadamente unas llaves al piso "¡Ay, las llaves se cayeron!", simuló sorprendida. Quería que se excitara más, y se agachó a propósito para mostrar su protuberante trasero; se demoraba mirando un punto fijo en el piso y balbuceaba despacio: *"Y qué esperas, mírame pues el culo, animal. Huélelo, siéntelo, excítate de una vez, cabrón."* Enderezó el tronco y se fue a la cocina.

Jaime se encontraba muy excitado, pero a la vez sorprendido y pensaba: *Qué tal perra me resultaste. Me encanta verte así, tu poto es divino... Mamacita, practicaré sodomía contigo.*

Cada vez que se emocionaba, las punzadas del pecho se hacían más intensas. El trajín con Lolita de anoche y ahora la excitación con su mujer, hacía que la sangre que le fluía por las coronarias se coagulara con dificultad. Pero trataba de no hacerle caso, la expectativa de experimentar un nuevo orgasmo era más fuerte que su propia dolencia. Todavía no lo podía creer y se preguntaba sorprendido:

"¿Así que dómina, no?... Está bueno, está bueno, la conoceré ahora en otra faceta." Se despojó de sus prendas por completo, arrimó las frazadas a un lado y se quedo tendido con el pene en su máxima extensión. Se masturbaba.

"Listo, Jimmy... aquí te traigo dos heladitas", le alcanzó las botellas. Ella ya se había tomado un cuarto de botella de coñac, era lo único que la desinhibía.

Se embadurnó el cuerpo con aceite de coco delante de él, para que le resbalaran mejor sus asquerosas caricias.

"¿Estás listo amorcito?... puedes hacerme todo lo que quieras, pero antes, quiero que seas mi esclavo, quiero torturarte, papi, ¿sí?", le sacaba la lengua como víbora, se cargó de bravura; y miraba disimuladamente la mesita de noche de Jaime por si todavía quedaba un medicamento encima.

"Je-je-je... dómina, dómina, qué rico, qué rico, así me gusta Luci, me encanta que seas así, salvaje, indomable", le hablaba sin respeto, como si fuera una puta cualquiera. El pene tenía un color rojo vivo de tanto que se frotaba.

"Este culo será todo tuyo, pero..." Se acercó a él muy decidida, pegó la vagina en su boca, presionó fuerte el pubis y, comenzó a castigarle con cachetadas y arañarle los brazos: "¡Méteme tu lengua, cabrón!", le gritaba como una verdadera dómina; incrustaba la uñas en su piel. "Que soy tú dómina...¡No pares, no pares, carajo!" Era el odio que tenía acumulado que le daba el valor para seguir adelante.

"¡Auu, Auu! ¡Cálmate, cálmate, Luci! Hoy estás terrible, qué tienes...", se tocaba la cara, se frotaba la piel.

Y ella seguía castigándolo:

"¡Toma y toma...!" Lo arañaba en la cara, le mordía las tetillas, pegaba puñetes "¡PUM-PAM!... ¡Y toma y toma, cabrón!"

Él se dejaba seguir maltratando, le excitaban los sadismos y perversidades de su mujer; besaba su vagina apasionadamente: "Mua, Mua, Schlup, Schlup... ¡Qué rico, qué rico, me gusta ese olor a pescado de tu concha!", y se embarraba la cara con ese líquido gelatinoso que salía de ella.

Lamía con su lengua el clítoris de su mujer, jugaba con sus labios vaginales: los estiraba como si fuesen alas de vampiro. Ella se controlaba para no vomitar: todo este teatro le daba asco, mucho asco. Pero su ira era tal, que mientras el depravado jugaba con su vagina, ella también le halaba fuerte de los pelos y le decía: "¡Sigue, sigue, cabrón, no pares, no pares!"

Mientras más se excitaba Jaime, las punzadas de dolor en el pecho sentía como aumentaban, la presión sanguínea. El brazo izquierdo empezaba a adormecérsele. Ella se daba cuenta y a propósito le seguía alentando:

"¿Y ahora, qué te pasa?... ¡No pares, no pares, sigue, sigue! ¿No eres acaso un macho aguantador? Te enseñaré lo que es bueno." Eufórica levantó su pubis, se volteó de espaldas, se agachó un poco, separó bien sus nalgas, pegó el ano a la nariz de él, se tiró un pedo y le dijo: "¡Huele, huele, cariño! ¡Caliéntame ahora el culo con tu lengua, Jimmy!"

"Lucía, por favor, me estoy ahogando, el pecho me duele, quiero mis pastillas... ¡Dónde están, dónde están!", le pedía desesperado, no desprendía su mano del pecho. Pero aguantó el dolor y le metió media lengua adentro.

"Así, Jimmy... sigue, sigue, qué rica lengua tienes", le arengaba con saña.

"Luci, no entiendes, quiero mis pastillas, luego continuamos", ya no tenía fuerza para mantenerle las nalgas separadas. "¡Mierda, cómo me duele el pecho, carajo!", se lo frotaba a cada rato, el dolor se extendía también en los hombros y brazos."Es que no entiendes, me duele el corazón, necesito las pastillas."

"Olvídate ahora del corazón y de tus pastillas... tú necesitas sexo, mucho sexo, sigue, sigue, ay que rico, cómo me excitas, eres todo un hombre", decía, fingiendo placer y mirándolo de reojo.

Le agarró los testículos para probar si estaban cargados:

"¿Qué te pasó, mi amor, te corriste la paja en tu trabajo?", estaban vacíos, blandos, parecían unas pasas. Y murmuraba con ira: *Ya te jodiste conmigo, cabrón"* Le vino una arcada, todo esto le daba repulsión, nauseas, nunca había hecho esto: escupió al suelo, pegó su boca al pene, lo lamió un poco, le vino otra arcada, lo sacó, volvió a escupir, lo introdujo de nuevo –casi ni le entraba de lo hinchado que estaba–; y repetía la misma acción varias veces.

Jaime estaba morado y la aorta le latía. Sintió escalofríos, no podía controlar su cuerpo que temblaba. Empujaba a Lucía para que retirara el tremendo trasero de su cara, le estaba aplastando, le faltaba el aire.

"¡Putamadre, levántate, mierda!... ¡quítame ese poto de encima, me asfixio, me asfixio!" Gritaba, se retorcía, buscaba dónde inhalar más aire: "¡HAAA! ¡HIII! ¡HUUU!...¡Las pastillas, Luci, las pastillas!", insistía.

Ella miraba por el espejo del ropero como él sufría, y pensaba: *"Qué bien, mi venganza está dando resultado, creo que terminaré más rápido de lo que me imaginé."* Y le dijo:

"¿Qué tienes, no eres acaso fuerte?... ¡Aguanta, aguanta, mierda!", lo trataba con humillación "...que ahora viene lo bueno."

Se sentó encima de él sin compasión, sintió como su bayoneta le desgarraba lentamente el ano, pero aguantaba, gritaba, se mordía la lengua; era como un palo caliente que le quemaba las entrañas.

"¡AUUU! ¡UHF! ¡AHHH!... Sí que la tienes grande, cabrón", le halaba los pelos del pecho, lo miró con odio y le dijo: "Excítate, excítate, Jaime... ¿no era lo que te gustaba?", y le volvió a tirar un par de cachetadas "¡PUM-PAFF!"

Se movía como una yegua salvaje: hacia arriba, abajo, a la derecha, izquierda, hacia delante, atrás; y de nuevo: arriba, abajo, derecha, izquierda. Había dominado a su marido por completo.

A Jaime le dio miedo, nunca había visto a su mujer así –al perecer había tomado muy en serio el papel de dómina. El dolor era tan intenso que ya ni podía hablar; la asfixia y la presión en el pecho eran insoportables, se retorcía, gemía de dolor.

"Lucía, las pastiiii...", esquivaba los castigos agresivos de su mujer "¡AUUU-AUUU!.... ¡Mmm-Mmm!... ¡AHHH!... Me muero, meee.... mueee..." Perdió el conocimiento.

Lucía cesó sus castigos. Se desprendió de su cuerpo inerte. Miraba como él botaba espuma por la boca y temblaba como epiléptico. Los veinte centímetros de masa eréctil que llevaba entre las piernas era lo único que todavía se mantenía erguido, tieso, como disecado. Le dio un manotazo a ver si reaccionaba, nada, ya no respondía.

"Qué bien, por fin", exclamó aliviada. Lo miró con vilipendio, le escupió varias veces y le dijo: "Aún no he terminado, mi adorado Jimmy."

Se paró a la altura de su cara, entreabrió sus piernas y le orinó encima.

"Toma, cabrón... eso es lo que te mereces."

Diatriba: La explotación en el trabajo

Estimado señor gerente general y accionista mayoritario de la empresa donde trabajo hace cinco años: me gustaría con esta carta instigarlo, o si le parece algo áspera la expresión, exhortarle, persuadirle, a que recobre por favor la cordura y reflexione sobre sus actos como verdadero empresario. En este mundo globalizado donde se sugiere, o mejor dicho nos obligan a ver las cosas redondas, integrales, completas, generales, sistémicas, holistas, armónicas, es importante a veces escuchar y hacer caso a los demás. Aquí se trata de hechos y no de conjeturas. Lo que pretendo con esta misiva es solo alimentarle su desnutrido espíritu que al parecer se ha quedado pasmado, recalcitrado en una sola cosa: ¡Generar utilidad, dividendos y ganancias!... Y por favor, tampoco me confunda con un resentido social, terrorista ideológico, antiimperialista o cualquiera de esas doctrinas rojillas comunistas −¡A Dios gracias no soy extremista! Desde pequeño me enseñaron que todo los extremos son malos, me gustan las tonalidades mixtas, el café con leche, la libertad sin libertinaje, el esfuerzo sin explotación, el desarrollo del hombre por el hombre, bien al centro, ni izquierda ni derecha. Yo estoy y estaré siempre a favor de la superación del trabajador y a que se esfuerce para ser cada día mejor. Empero usted disculpe, es que cuando veo que alguien atenta contra los principios elementales de seguridad, equidad y justicia, ahí sí que me convierto en dragón, se me sube la bilirrubina y soy capaz de herir con la palabra escrita y hablada a quien sea, sin importarme su rango, credo, casta o posición.

Yo soy su auditor, señor, al menos así me ha contratado y figuro en planilla, ¿o no? ¿Por qué rechazó mi informe? ¿Para qué mierda entonces me pidió que le haga ese trabajo que me costó muchas trasnochadas?... ¿Cree que yo trabajo por gusto? Quién se considera usted que es: ¿Un superdotado, el presidente de las naciones, guía celestial, un omnipotente? Le ratifico una vez más: No voy a cambiar nunca de parecer, esos planteamientos quedarán escritos en blanco y negro en esas 80 páginas hasta que usted cambie de opinión. Y no se preocupe en romperlo porque le saqué cuatro reproducciones *Xerox*, y con toda la información grabada en el disco duro de mi computadora.

Hágame caso, por favor: para que su empresa sea verdaderamente productiva y pueda lograr lo que usted se ha propuesto, es imprescindible transformar radicalmente la política de contratación de personal, desburocratizar el trabajo logístico, simplificar los procesos de producción, botar a la basura esa porquería de maquinarias que tiene en la planta de envasado de la línea de aerosoles y productos derivados; y por supuesto, lo más importante: la aplicación inmediata de un plan de desarrollo para todos los trabajadores en el área de producción.

¿O cree acaso que con latigazos y controles, donde impera solo el absolutismo autocrático, la administración dura, mecanicista, mercantilista, impositiva, sin motivación, en un clima laboral donde reina solamente la amenaza, el *mobbing* y el *lobbing*, puede obtener éxito en sus negocios? ¡Contésteme!... ¿Es eso lo que usted pretende?... Pues sería un perfecto ¡Imbécil! ¿Dónde está su creatividad e ingenio como empresario?

En un acápite de mi informe, justamente le detallo un programa ad-hoc de calificación de personal, orientado básicamente a integrar mejor el recurso humano, motivándolo con actividades multidisciplinarias y sectoriales a nivel operativo y mando medio; y no incluyo a los gerentes porque de esos ya tenemos suficientes, diría que demasiados: es la única empresa que tiene más gerentes que obreros. Antes de cometer una decisión atropellada e irracional, como es fusionarse con la empresa *Cosmetic S.A.* para racionalizar sus malditos costos, debería mejor hacerme caso. Seguro que me dirá también: *"Ohh, cuánto lo siento, son las reglas de la economía y del libre mercado las que mandan en el negocio."* Pues a la mierda con su economía y todas sus reglas, señor. Lo que usted me diga ahora me interesa un ¡carajo! Continuaré con mis auditorias, luchando por la verdad y para que se haga justicia hasta que ojalá un día se le despeje esa mente podrida de usura. ¡Qué desgracia, por Dios, a dónde hemos llegado! ¡Qué he hecho para merecerme tal injusticia! Quiere decir que usted me compara como si fuera un insumo, un pedazo de materia prima, abono de cultivo, estiércol para alimentar las plantas. ¿Quién ha dicho acaso que el trabajo dignifica a la persona humana?... ¡Falso, todo es falso! Esas no son mas que pamplinas, una utopía, cosas que inventaron solo los teóricos.

Aquí se trata de atacar la raíz del problema. Si es así como va a actuar, valiéndose única y exclusivamente de lo que le dicen esos eruditos estudiosos de la economía, entonces discúlpeme, pero sería un descerebrado, un cucufato corregido y aumentado; una vergüenza como empleador, usurero y aprovechador, además de pésimo estratega. A ver, dígame: ¿Cuáles serían entonces mis ventajas como empleado? ¿Cómo quedaría el resto de trabajadores que día a día se sacrifican con ahínco por usted? Haga un análisis de conciencia, pise suelo por favor y ponga las cosas sobre una balanza. No todos tienen la oportunidad que ha tenido usted, por el contrario, creo que la mayoría se trata de gente sencilla, trabajadora que vive solo de la miseria de sueldo que usted nos paga. ¡Materialista aprovechador! Acuérdese que este pechito es también licenciado en administración y aprobado por unanimidad en una universidad de prestigio internacional; tan idiota no soy, sé de qué hablo, a mí no me va engañar.

Estoy por un lado de acuerdo con que vele por sus finanzas con asiduidad, pero tampoco olvide que su empresa *Packaging Lmtd.* (persona jurídica de responsabilidad limitada) la conforman también personas naturales, de carne y hueso, como usted y yo y que rigen el comportamiento de su organización. Aparte de envasar y vender productos cosméticos, debería asumir un poco más de responsabilidad social con sus trabajadores, del mismo modo para sus conciudadanos: Esa maquinaria obsoleta de envasado que emplea para la producción de desodorantes aerosoles son un peligro para los obreros y el medio ambiente. Prefiere sobornar por debajo a los empleados del ministerio de industria y de control ecológico, con tal de seguir vendiendo sus malditos productos antisudorales. A mí no me va a mentir: Esa planta de producción está destruyendo lentamente todo el ecosistema de la zona. Si sigue así, dentro de poco ya no habrá ningún solo árbol en las calles y todos nos volveremos asmáticos y adoleceremos de alergias cutáneas por todos lados. ¿Cuánto dinero sucio habrá usted lavado en su vida, a cuántos empleados públicos les habrá chantajeado? ¿No le da acaso vergüenza?... Con todo el podrido dinero que usted ha ganado, con su línea cosmética *Puravida* (que conste que tampoco estoy de acuerdo con el nombre), es incapaz de aumentar el sueldo a sus trabajadores siquiera en un 10 %. ¡Tremendo sinvergüenza! Pero le juro que esto no quedará así, mi informe llagará hasta la Oficina de Defensa del Trabajador del Ministerio de Trabajo, y si es posible hasta el tribunal de Derechos Humanos de la Naciones Unidas.

Si quiere ser verdaderamente competitivo y mantenerse en los mercados que usted pregona, pues le aconsejo mejor que cambie de rumbo. Ya es hora de que despierte de su retrógrada y utilitaria forma de dirigir. Por qué, en vez de fijarse solo en los estados financieros y en sus ganancias, no analiza, estudia, examina mejor el desarrollo humano de su empresa. No sea como un caballo de carrera que corre sin mirar a los costados. Temo decirle que si sigue así, pronto, muy pronto su empresa quedará más aplastada que el estiércol de una vaca. Todo tiene un comienzo y un fin, mi estimado gerente. Algunos más largo y otros más corto, ¿o no es así?

Creo que en su caso se trata más de un problema de incapacidad direccional. Aprenda a analizar sus propias fuerzas y debilidades, haga un diagnóstico de usted mismo. La organización de una empresa es como una simbiosis, no se desarrolla sola, interactúa con seres vivientes, no somos máquinas ni computadoras. Creo que fui muy tolerante con usted en todos estos años, ya me llegó a la punta del... casi digo, quiero decir, límite de mi confianza, esperanza, franqueza, llaneza. Ojalá que cuando le entregue esta carta, que la guardaré provisionalmente debajo de mi almohada hasta que consiga otro trabajo mejor, le sirva de ejemplo para que recapacite de una vez por todas.

Yo reconozco que usted hace veinte años demostró valentía ante el riesgo, invirtiendo de su propio bolsillo (¿o fue acaso de procedencia dudosa?), para hacer realidad una visión suya. ¡Mis felicitaciones!, hasta allí todo va bien. Pero de allí a tener ÉXITO en el buen sentido de la palabra, pues permítame decirle que se ha quedado más estancado que una mula. Empezaré a refrescarle un poco más la memoria, y por favor, no me voltee ahora la cara, mírese de frente al espejo, porque se lo diré en forma muy directa: El personal de producción se encuentra completamente desmotivado y desubicado en sus puestos de trabajo; ninguno se siente identificado ni con su empresa ni con usted, es más, preferirían verlo mejor muerto. Cómo es posible que más del 70% de la planilla corresponde solamente a obreros contratados por empresas de servicio temporal. Allí está pues la raíz de todas los problemas: esas personas nunca se van a interesar por su empresa, porque no están identificadas con la organización; trabajan solo sus horas y luego se van. No es que tenga nada contra ellos, tampoco tienen la culpa, por el contrario son gente trabajadora y buena, pero no serían las personas adecuadas para que prospere su negocio en forma creciente y sostenida. Hablo de formar una planilla de personal fijo y que se solidarice con los objetivos de la empresa. No se trata solamente de contratar personal barato para pagarles dos Euros la hora y así racionalizar sus costos y mantener sus márgenes de ganancias, grandísimo ratero. ¡No, señor!, me estoy refiriendo a un equipo permanente y motivado de personas. Acuérdese que a la larga lo barato cuesta caro.

En lo que respecta a los equipos y maquinarias que tiene en la planta de producción, son un desastre total: completamente estropeados, desgastados, válvulas corroídas, con unos inyectores *Macromat*, que la verdad, dan pena. ¿Para qué entonces contrató hace tres años un equipo de auditoría de calidad para que le inspeccionen el estado de su maquinaria?... A ver, respóndame: ¿No es acaso requisito según el ministerio de Industria y Comercio ceñirse estrictamente a las normas internacionales *ISO* y *SOP*? Nada ha hecho usted, ignora siempre todo lo que le dicen los demás. Esos armatostes son un peligro latente para los trabajadores y la población que vive en las zonas circundantes a la fábrica. Casi todos los días el departamento médico de la planta atiende a obreros intoxicados por el gas propano, anhídrido carbónico y helio que bota ese equipo desgastado; por lo menos una vez al mes se accidenta un obrero, cercenándose un dedo o luxándose una extremidad; pregunto: ¿dónde está ese maldito programa de seguridad y de primeros auxilios que nos prometió? ¿Cuánto tiempo más tienen que aguantar esa pobre gente? La planta trabaja por encima de sus limites (250% de su capacidad, sino es más) ¿No se da acaso cuenta del genocidio sistemático que está usted ocasionando?

Su desinterés por la organización es tal, que hay que ser verdaderamente ciegos y sordos para no darse cuenta del deficiente por no decir paupérrima toma de decisiones en el proceso logístico: descoordinación total entre las oficinas administrativas, almacén y producción; su comunicación es un desastre y encima engorrosa. Es tan avaro que autoriza la compra de los insumos más baratos y malos del mercado. Con esa forma de dirigir, está engañando vilmente a sus propios clientes —¿o cree que ellos tampoco se dan cuenta? A sus empleados no les da ni siquiera la oportunidad de que participen con sus ideas cuando se trata de hacer mejoras, de desarrollarse creativamente; nos trata como si fuésemos unos castrados mentales, igual que esclavos. Yo, por ejemplo, soy uno de ellos.

¡Lo denuncio abiertamente por usurero y aprovechador! Cómo maldigo ahora mi situación. Le confieso que antes de trabajar como esclavo para su empresa y romperme el culo sentado frente a una computadora (hasta hemorroides me han salido) afanándome catorce horas diarias, preferiría, a pesar de que amo mi trabajo, mil veces quedarme en casa y disfrutar del resto de años de vida que me quedan, con los míos que me estiman y me necesitan, mi familia, amigos, leer un buen libro, o dedicarme a mis pasatiempos y ponerme hacer algo que verdaderamente me alimente el espíritu. Vaya por favor un día abajo, tómese la molestia de bajar dos pisos, adelgace su encebado trasero, salga de su oficina *de lux* y ensúciese sus lindos zapatitos y vea la injusticia que usted está cometiendo con nosotros. Le auguro señor gerente, y no por que me crea un profesional calificado (Maestría en sicología empresarial, *PHD* en economía en Boston y con prácticas profesionales en *Harward*... ¿quiere que continúe?), que si la situación sigue así, usted y todos sus compinches accionistas se irán a la quiebra más rápido de lo que canta un gallo, perdón, quiero decir mejor gallinazo –sería mucha honra. Ah, no, conmigo no va a obrar así porque el que mandará a partir de ahora seré yo, ¿estamos siendo más claros? Ahora, sea obediente, arrodíllese y repita lenta y pausadamente lo siguiente: *"Yo, Gerente General y accionista mayoritario de mi empresa, reconozco sinceramente y poniendo mi mano sobre la sagrada Biblia (no me importa que sea agnóstico) que con mi proceder egoísta, usurero, indiscriminado, inhumano y autoritario de dirigir, me aproveché vilmente de la buena fe y confianza del personal que supo siempre y en todo momento luchar en forma valiente para salvaguardar mis intereses (Utilidad neta anual, 6'530,000 Euros, ver Estado de perdidas y ganancias, año 2003) y que día a día se reproducen en progresión geométrica con una tasa anual y libre de impuestos en un banco en Zürich."* ¡Muy bien!... Está usted haciendo progresos, ya vamos entendiéndonos mejor, jefecito. Ahora cumpla con su penitencia y repita conmigo, golpeándose fuerte el pecho con una piedra bien puntiaguda para que le duela: *"POR MI CULPA ... POR MI CULPA ... POR MI SANTÍSIMA CULPA."* ¡Así se hace!... ¡no pare, no pare! ¡Siga golpeándose!

Hay que aprender a arrepentirse con dolor. Acostúmbrese siempre a pensar con el corazón, a nombre de la mayoría, a eso se le llama ser un líder auténtico –o ya se olvidó de Moisés, Jesucristo, Martín Luther King, Gandhi y de todos aquellos paladines que sí supieron hacer algo para la humanidad–; no como usted, que lo único que le interesa es ganar dinero y cobrar sus jugosos dividendos. Felizmente no todos son como usted. Para tener éxito en este mundo globalizado, hay que empezar primero en casa, con su empresa, junto a su personal –en la unión está la fuerza, mi gerente. ¿Quiere que le diga también otra cosa? Usted no es el único que necesita ganar dinero para poder vivir. A mí también me gustaría tener algo más en el bolsillo para siquiera cuando me enfermo poder curarme; satisfacer mis necesidades básicas; pagar un seguro médico; comprar mis pastillitas contra la presión alta y mis dolores reumáticos; comer una vez a la semana las cosas que me gustan; usar ropa nueva porque la que tengo ya da pena; movilizarme siquiera con un carrito de segunda; invitar a mis hijos al cine; regalarle una alhaja a mi mujer, aunque sea de oro enchapado; o ahorrar un poquito para cuando esté viejo y decrépito ya nadie tenga que cuidarme.

Yo también tengo mi corazoncito, jefe. Amo mi trabajo, soy responsable, cuando me dedico a algo me entrego de lleno, con pasión – ¿o ya se olvidó quién le realiza siempre sus informes? Doy mi alma, corazón y vida por mi profesión, señor gerente. A ver, pregunto, y por favor no se ponga ahora engreído: ¿Le parece correcto que reciba solamente 900 míseros Euros –perdón, digo 700, porque a eso hay que descontarle todos los gastos de seguridad social, renta, seguro médico–, como sueldo mensual? ¿Es eso justo, a ver contésteme? ¿Dónde está pues la equidad y justicia al esfuerzo, si yo trabajo más que usted y que todos sus elegantes y finos socios accionistas? Usted y todos los del directorio no creen en nadie, señor; solamente esperan contentos la repartición chancha del botín, comiendo galletitas con café en el directorio y de paso se jaranean lindo con las secretarias, metiéndoles la mano en el culo. Lo sé todo, a mí no me puede engañar. Cinco años trabajando con usted, conozco hasta el perfil de su sombra, señor. Usted es terrible: Qué me dice de los manoseos ardientes que practica con Teresita –su asistente- en el baño; o la coca que aspira con devoción antes de cada reunión de gerencia. ¿Cree qué no me doy cuenta? ¿Por qué hace usted eso, si es hombre casado y con tres hijos?

Bueno, creo que me estoy desviando un poco del tema, volviendo al punto anterior: Por mí, sus millones se los puede meter en el poto, o si quiere se lo digo en un lenguaje más técnico: *¡Conducto escretor!* Así es, y no me ponga mala cara o se sienta resentido como un bebé: los estados financieros no mienten, aquí en mi escritorio tengo las pruebas del delito: más de dos millones de Euros de ganancias el trimestre pasado, que se multiplicarán con creces en los próximos meses, porque lo depositará todo en Suiza –el 60% para usted y el resto para sus queridísimos socios-; encima aseguran su porvenir asignándose cada uno sueldos altísimos, tan altos que se podrían dar suave un viajecito a Marte ida y vuelta. ¡Esto ya es el colmo del descaro!

Para mí TRABAJO significa mucho más que recibir solo un sueldo, es la valorización real de un esfuerzo representado en una unidad monetaria, señor. Si me permite, le definiré esa palabra con siete letras algo más detalladamente a ver si así tiene una idea más clara sobre el gran daño que nos está haciendo (hablo en plural porque me gusta practicar la doctrina del consentimiento a nombre de la mayoría); Trabajo: acción y efecto de trabajar, obra, cosa producida, donde desde el punto de vista de la física se le representa por las unidades de medición: *ergio, julio* o *kilográmetro*; para este caso usaré mejor el *ergio* como común denominador. ¿Hasta allí nos entendemos?... Perfecto, ahora bien, usted que es bueno en números –sobre todo a la hora de calcular sus dividendos por acción-, agarre por favor un lápiz y un papel y multiplique el total del tiempo en horas que yo dedico en un mes (no se incluye la media hora de refrigerio, ni los quince minutos de cafecito de media mañana, además, de los diez minutos por tolerancia de llegada), divida todo por el factor algebraico Σ(*Ergio-Proyecto*) / *EU-RO-Hora,* y luego multiplique por 100, y ya está, eso sería todo. Ahora, le pediría que memorice bien esa cifra, o mejor, grávesela con un tatuaje en la frente, porque eso sería lo que usted –devoto de la Virgen del Puño, ferviente seguidor de la ley del embudo- debería pagarme mensualmente. Como verá, se trata de una simple operación matemática, que estoy seguro que con su elevado raciocinio matemático-financiero, tampoco le sería difícil de realizar. ¿Qué?... ¿Qué no le da la gana de hacerlo? ¿Le parece mucho? ¿No quiere hacerme caso? ¿Se caga en la nota?... O seguro que ahora se pondrá saleroso y me dirá: *"¡Imposible! ¡Ese sueldo es impagable, de dónde pues! ¡Se ha vuelto usted loco o qué!"*

Nada de eso, señor, yo estoy muy cuerdo. Lo que pasa es que a usted le duele el bolsillo. Le conozco mejor que la palma de mi mano: compra un millonario paquete de acciones de un fondo de inversión inmobiliaria, sin analizar bien sus pronósticos y pierde más de diez millones de Euros como si nada; y luego para nivelar esa perdida despide fríamente a quince de sus mejores empleados, aduciendo que la culpa se debe al 4% de recesión y el elevado valor del Euro. ¡Ja-Ja-Ja!... ¿Y usted espera que yo se lo crea?

Para los pasecitos con quiebre es usted campeón, se mueve mejor que *Pelé*, porque encima de usurero es también hipócrita. Apuesto que también me meterá el cuento que la culpa la tiene, la situación del mercado laboral, desarrollo económico, la baja del dólar, deflación, inflación, la coyuntura socio-política, la balanza comercial, el *PBI,* los sindicatos, las organizaciones gremiales, catástrofes naturales, las lluvias del Norte, sequillas del Sur, el huracán del Este, etcétera y etcétera. Nada de eso, señor, a mí no me va a engañar, estafador, grandísimo pendejo, porque para buscar pretextos es usted todo un estratega. A ver... qué me dice de ese nuevo crédito que pidió al Estado, argumentando que lo necesitaba para invertir en su empresa *Packaging* (eso es solo en el plano figurativo, porque el dinero lo utilizó en verdad para comprarse una finca a nombre de su mujer en Osorno-Chile), maquillando bonito las cifras en los balances e inflando corruptamente el valor de sus acciones en la bolsa de valores; o cuando renunció Pepito (ese conchasumadre del cuñado suyo), como director, otorgándole una jugosa indemnización –tan alta que yo tendría que trabajar por lo menos cien años más y todavía con sobre tiempos para obtenerla.

Eso tiene un solo nombre, señor: ¡La explotación en el trabajo! ¡Terrorismo económico! ¡Esclavitud moderna, manipulación de empleados! *"¡APROVECHAR, APROVECHAR QUE HAY QUE GANAR!"*, le pondría como lema. Seguro que me dirá también: *"¡Lo siento, eso atenta con los lineamientos generales de la empresa!"* ¡Grandísimo mentiroso! Quiere que le diga cual es en verdad su único lineamiento: *Aprovecharse vilmente de los demás y ganar más dinero*; y punto. Qué me metan mejor preso si es que me equivoco, yo escribo con la verdad, señor.

FIRMA : SU CONCIENCIA

Fantasías de Luchito

Luchito se revolcaba en la cama, movía la cabeza de un lado a otro. Soñaba cosas raras, muy raras. Se excitaba y su cuerpo reaccionaba ahí abajo –donde Adán acostumbraba cubrirse con una hoja. Le apasionaba los animales –el primero en biología y naturaleza de su colegio: a todos les decía que cuando terminara la secundaria se presentaría a la Universidad para estudiar zoografía. Le fascinaba su anatomía fuerte y recia, en especial la morfología de los mamíferos cuadrúpedos. Su afición por los animales era tan grande que un día hasta soñó ser un zoomorfo: mitad hombre mitad caballo, un dinosaurio con cabeza humana, o un puma felino con cuerpo de gladiador. Se podía pasar horas enteras sin pestañar, leyendo enciclopedias, libros y revistas especializadas en herbívoros, carnívoros, clasificándolos por su modo de locomoción, y por los tipos de hábitat. Pero en esa noche sombría, sin luna ni estrellas, Luchito divagaba en un sueño insólito, extravagante, coexistiendo con los personajes de su propio mundo interior. Se agarraba lo que tenía abajo entre las piernas, cerraba fuertemente la mano haciendo un puño; escuchaba en su fantasía la voz de su padre quien le hablaba de una forma extraña:

"Luchito, hijo mío, vas a tener buen futuro. Mira... pero si la tienes más grande que yo." Se comparaban desnudos mientras se duchaban; a pesar de su corta edad, Luchito tenía un pene tres veces más grande que él de su padre.

Con solo diez años de edad su órgano viril se desarrollaba de una forma sorprendente –crecía cinco centímetros por año. Su padre orgulloso le decía:

"Así me gusta, Luchito, te estás haciendo hombre. Porque los hijos un día tienen que superar a los padres, ¿verdad?", y se miraba lo que le colgaba abajo.

"Sí, papá... lo sé, lo sé.", contestó Luchito, contento "El otro día en la clase de deporte, vi a Jacinto haciendo pila, y la verdad que me sorprendí: la tenía chiquitiiita, chiquitiiita... Je-je-je", se reía, sobrado. "¿Sabías que los de la clase me llaman *Huevodetoro*? Me gusta, me gusta, je-je-je. ¿Quieres que te diga también otra cosa, papá? Lupita y Carina, como siempre las más chismosas y curiosas, me miran siempre el bultito que sobresale en el pantalón, y no sé por qué, pero cuando las observo, me crece, se hincha, y ellas se ponen rojas y se tapan la cara."

En su sueño, Luchito se hizo hombre, ya era mayor de edad, y con una cola de medio metro que la tenía que enroscar y amarrar con ligas y prendedores en el pantalón. Cuando se estimulaba, crecía por lo menos medio metro más, con tres pulgadas de diámetro, parecía un tubo de desagüe: una imponente masa de carne, nervios y músculos perfectamente formados. Cuando comía algo condimentado con ajo o ají, por ejemplo, se le ponía aún más grande, monstruosa, llegándole a crecer como una trompa de elefante africano viejo.

Financiaba sus estudios universitarios trabajando en películas pornográficas *Hardcore* de extrema perversidad. Era un modelo muy cotizado, cobraba por escena; le pagaban inmediatamente y en efectivo. Con las mujeres –como era también de suponer- ya se había resignado, ninguna quería algo con él, todas le tenían miedo. Por el amor que tenía a los animales, se inclinó entonces a la zoofilia. Le gustaba satisfacerse con las bestias, entrando de noche y a escondidas al Instituto de Investigación y Fecundación Animal de la Universidad. Irrumpía sigilosamente las jaulas de prueba para enamorar a los mamíferos, vivíparos, cuadrúpedos, y todo ser animal irracional que encontraba, excitándolos con gran facilidad.

Un día mató a una ternera en plena copulación –el animal se había excitado de tal manera que se le había parado el corazón. Con los cerdos le daba asco porque cuando se excitaban, defecaban una mierda apestosa y gritaban como condenados, aparte que por el grosor de su pene (más de siete cm de diámetro y todavía en estado flácido) la penetración le dolía mucho. Los monos, en cambio, especialmente el *Tití enano* y el *Cebus capuchinos de carita blanca*, eran más cariñosos, le lamían y chupaban con agrado. Lo masturbaban entre cuatro y cinco, columpiándose y colgándose de su falo como si se tratara de la rama de un árbol selvático; cuando se vaciaba, gritaban y saltaban alegres, embarrándose con el líquido lechoso. A las gallinas –de pura rabia, porque no las podía penetrar-, les ahogaba chisgueteándoles el semen por el pico justo cuando comenzaban a cacarear. Un día se tiró a una leona de dos años, que estaba tomado su siesta después de haber comido su merienda de diez kilos de carne: acarició primero su vagina peluda y olorosa, metiéndole el dedo y luego toda la mano, y al final le perforó todo el proyectil caliente y duro. Cómo habrá sido la copulación, que la felina así dormida como estaba, ronroneaba de placer, no paraba de lamerle el cuerpo y luego el pene hasta dejarlo seco sin ninguna gota de semen. Se enamoraron por instinto –amor bestial a primera vista. Cada fin de semana él se enjaulaba con la leona, intercambiando jugos corporales, haciendo de todo, hasta que un día copularon tanto que el pobre animal no pudo más y murió de cansancio.

Se obsesionaba con los animales. Cuando le gustaba a uno no paraba hasta matarlo de excitación. Como estudiante de zoografía, conocía todos sus secretos anatómicos. Sabía perfectamente cómo excitarlos. Le alocaban sobre todo los cuadrúpedos équidos (según él, le dolía menos) Un día hizo el intento con una vicuña, le gustaba como le miraba con esos ojos tiernos de pestañas largas y mirada dulce – característico de los camélidos-, tenía apenas nueve meses: la arrinconó en su propia jaula, se bajó el pantalón, la agarró del cuello, amarró sus patas traseras con una soga, y comenzó a introducírsela salvajemente: no entraba, pero insistía, la vicuña se retorcía, orinaba de dolor, la zarandeaba golpeándola contra los hierros de la jaula; hasta que por fin después de treinta minutos de lucha animal-hombre, entró de tal manera en su vagina, que el pene le salía por el hocico como si fuera una lengua; boqueaba sangre espesa, estaba agonizando. Luchito le había reventado los intestinos. A partir de ese momento juró que nunca más lo iba a hacer con una camélido y se prostituyó con los caballos. Se excitaba morbosamente, acariciando sus sudorosas ancas, con esos muslos y nalgas musculosamente formados; le alocaba el humor de su piel y porte majestuoso cuando galopaban.

Se ofreció a filmar escenas pornográficas con yeguas; tenían que ser de la raza *dolicomorfos* (árabe, trotador francés, o de pura sangre inglés), a veces copulaba también con los *mesamorfos* (la raza cleveland inglés), solamente que estos últimos cuando les venía el clímax se les daba por patear. Abdula Shemir —un pariente de segundo grado del Emir de *Dubai*-, se había enterado de un tal Luchito que hacía excitar a los animales y eso le gustaba: Quería darle una sorpresa a sus yeguas de pura sangre, para que se satisficieran sexualmente, engreírlas con nuevos placeres. Fue así como Luchito firmó un contrato para filmar una película con los pura sangre.

Se embarcaron por avión las cinco mejores yeguas y se construyó especialmente una caballeriza a todo dar: con luces halógenas tele dirigidas, cámaras digitales completamente computarizadas para que Abdula Shemir pudiera ver las mejores escenas en vivo desde Dubai; el suelo rojizo de tartán para el escenario; cercos acolchados con un material esponjoso para que no se hicieran daño los animales cuando se excitaran; aire acondicionado para refrescar el ambiente; y cinco ampollas intramusculares de yohimbina de purísima calidad. Todo estaba listo. Las yeguas insinuaban sus deseos, levantando sus rabos, enseñando sus oscuros conductos.

"¡Para qué la yohmbina!", exclamó desconcertado Luchito. "Ellas no necesitan eso, cuando me la vean, se excitarán solas... ¡Quiten eso, quiten eso!", ordenaba en tono imperativo.

Estaba excitado, su pene se le había puesto gigantesco. Lo mostraba orgulloso a todo el mundo como diciendo, miren lo que tengo aquí. Quería doblarlo un poco, pero nada, parecía el tronco de un *taxodio mexicano* de lo duro y grueso que se había puesto. Mientras se quitaba la ropa, se masturbaba mentalmente, mirando los esbeltos cuerpos de esos *dolicomorfos*: todos largos, con muslos fibrosos, brillosos, perfectamente formados, de dorsos fuertes y redondeados, con cuartillas largas e inclinadas. Su pene crecía y se enchanchaba más y más. El personal técnico y camarógrafos al ver semejante rareza, también se sorprendían y soltaron un solo *¡OHHH!* de asombro.

Yemín –el veterinario árabe, quien había venido especialmente desde *Dubai*-, amarraba a las yeguas para que no se hicieran daño.

"¡No, no, qué hace!... ¡No quiero que las amarren!", gritó Luchito "¡Copularé con las cinco a la vez!... ¡Desátenlas, desátenlas!"

"Pero...", refutó *Yemín*.

"¡Nada de *pero*!...Yo sé lo que hago, conozco también de animales", insistió Luchito; le enseñaba su monstruosa, gigantesca masa de carne erecta, con todas las venas salidas y una cabeza que palpitaba al rojo vivo.

El personal técnico comenzó a sentirse incomodo, algunos se espantaban y se tapaban la cara. Luchito, con solo oler el sudor dulzón mezclado con estiércol que expelían los caballos, se excitaba aún más.

Desataron a las cinco yeguas y las soltaron al ruedo. Los animales le olían el ano a Luchito como si fuera uno de ellos. Excitados le rozaban con sus ancas el cuerpo desnudo, se movían atrevidamente como insinuándole para que empezara de una vez; se retorcían tocándole el pene con sus blandas bocas y labios.

Luchito no aguantó más y montó a la más oscura que ya mostraba su conducto vaginal, alzándole la cola; se dejaba hacer de todo, le gustaba, pero también le dolía, relinchaba, saltaba, se paraba en dos patas, se movía desesperadamente; y Luchito seguía allí, prendido como una sanguijuela. La metía y sacaba con una vehemencia perversa, una y otra vez; a la yegua le dolía, punzaba, comenzó a salirle sangre, mucha sangre. Se le había desprendido el útero. El caballo luchaba entre la vida y la muerte, exhausto, casi inerte, con el corazón que le latía a cien por hora; botaba una espuma amarillenta por el hocico. Ya no había nada que hacer, Luchito la había asesinado.

Yemín –el veterinario- , impotente de no poder hacer nada, le gritaba:

"¡Asesino, anormal, exterminador de animales!... ¡Paren, paren de filmar! ¡Ese hombre es un monstruo!", se tiró encima del cadáver, quería resucitarlo.

Pero Luchito ni caso le hacía, totalmente excitado, comenzó a clavarles la masa eréctil al resto de las yeguas por el ano mientras defecaban; vociferaba loco: *¡Qué rico, qué rico, con estiércol, entra suavecito! ... ¡Toma y toma!* Y comenzó a hacer lo mismo que hizo con la primera: a destrozarles la vagina con su enorme pieza; sangraban, corrían desesperadas alrededor del escenario, todas desgarradas, despellejadas, con los pedazos de órganos que colgaban de sus conductos, salpicando sus jugos. *Yemín* se lanzó hacia él para contenerlo, lo tumbó al piso, y con un sable de media luna le cercenó el pene de una sola tajada. Los animales exhaustos, ya casi desahuciados, iban cayendo al piso uno por uno. El escenario se había convertido en un coliseo romano: con cadáveres de animales desparramados por el piso y un largo trozo de carne que aún se movía chisgueteando semen mezclado con sangre.

Luchito se había movido de tal manera en la cama, que la frazada y almohada habían caído al piso. Se despertó aún soñoliento y empapado de sudor soltó la mano que tenía clavada entre las piernas, miró, y dándose cuenta de su triste realidad, gritó casi llorando de vergüenza:

"*¡Por qué, por qué mierda he nacido mocho!*"

Camino al apartamento

Al frente de él se paró un hombre de mediana estatura, moreno y de rasgos acriollados. Su piel era tostada por el sol, pasaba los sesenta años: delgado, con unos bigotes bien cortitos, una gorra de tela blanca con media visera, guayabera amarilla y mocasines blancos que le brillaban. Miraba a Otto con una chispa atrevida, criolla, de poca vergüenza, y le preguntó abiertamente:

"¿Es usted el Señor Otto, Otto *Tchuse?*", le clavaba la vista achinando los ojos. Se agarró la visera, peinó su bigotito con la mano.

"*Yah, yah*, yo mismo soy. Mi nombre es Schulz", le corrigió. Le quedó mirando "¿Por qué, señor?" Y observaba a los taxistas por el otro lado de la calle que se aglutinaban alrededor de los clientes, igual que un enjambre de abejas en un panal.

"Mucho gusto señor, a sus órdenes ... Yo soy Wilfredo Sánchez, pero me puede llamar *Wili*." Se sacó la gorra, hizo una genuflexión, le extendió la mano. Olía al perfume *Old Spice*, recién afeitado. "Soy el chofer del Sr. Wolf, y lo voy a llevar a su apartamento, señor." Su guayabera amarilla se veía impecable. "Permítame ayudarle con el equipaje, señor *Tchuse* ... ¡perdón!, quiero decir *Schulz*. "

"*Oh, yah, yah*" , agachó ligeramente la cabeza. "*Grrr*acias, señor, *grrr*acias, es usted muy amable. Pensé más bien que el Sr. Wolf me iba a recoger, pero en fin, qué importa." Tenía problemas con el idioma. Cuando pronunciaba algunas palabras con la *"r"*, la lengua como que se le quedaba pegada en el paladar. Le extendió la mano, apretó fuerte, y le preguntó: "¿Conoce la di*rrr*ección?"

"¡Pero por su puesto, señor Otto! Yo soy limeño mazamorrero. Conozco todas las calles de Lima, señor. Hasta la guarida más pequeña de los ratones." Volvió hacer una genuflexión. Sus cabellos eran negros, sin ninguna cana, bien peinados con gomina y raya en el centro. "¡Ah, a propósito!, me olvidaba de decirle, señor ... tengo también el encargo de mi gerente de darle mil disculpas por no estar él ahora aquí", hacía piruetas con el sombrero, hablaba con las manos. "Le ha venido la gripe, está enfermito el jefe."

Se abalanzó hacia la maleta grande que Otto había colocado sobre una banca.

"¡Señor Otto, tenga cuidado con los carteristas! Aquí pululan como ratas." Le advirtió, mirando a los costados, sus ojos vivarachos le bailaban. Sudaba tanto que se traslucía su piel cobriza casi negra por la guayabera. Cuando caminaba, sus zapatos de cuerina barata marca *Chasqui,* producían un ruido molestoso, reseco, desgastado.

Otto no le había entendido bien. El chofer hablaba muy rápido. Tenía que acostumbrase a la pronunciación del idioma, lo mareaba, pero sin embargo, confió en él.

"*Mmm* ... entiendo, entiendo", dijo Otto. "Pero a mí mejor llámeme por mi título porque yo soy: Profesor y Doctor en Ciencias Económicas de la Universidad Técnica de Dresden, con especialidad en Organización y Análisis del Trabajo en Augsburg", le advertía serio, orgulloso por tener tanto conocimiento almacenado. Le daba mucha importancia a sus títulos y a lo que había aprendido en los claustros académicos.

"¡Ah, carambas! ... Usted disculpe, señor Schulz, no sabía que es usted un *Einstein*. ¡Qué buenos títulos me ha sacado para el diario! ... ¿No me podría regalar uno? Ja-Ja-Ja", se reía solo. A Otto no le había causado gracia, no entendía bromas; y el chofer que le proponía: "¿Qué tal si le abreviamos los títulos? ... Podría sonar así: *Prodoc* , dos en uno. No, o mejor, *Profesor* ... Sí, como *Profesor* me gusta más, a secas." Entraba en confianza rápido.

"Cómo quiera usted, pero a mí me gusta que me llamen con título, hay que guardar las distancias." Ajustó sus lentes de fondo de botella, tenía casi siete de miopía "Además, ca*rrr*ambas, homb*rrr*e, yo a usted ni le conozco ... ¿no le parece?"

"Está bien, está bien, como usted quiera, señor. A partir de ahora lo llamaré solo *Profesor Otto*. Ah, pero eso sí ...", le señalaba con el dedo ".. a mí nada de títulos, que tampoco los tengo. Yo soy Wili, su amigo servidor, ¿ok?"

"*Yah, yah, gut, gut*, Wili", siempre muy circunspecto, distante; y se preguntaba *¿qué tipo para más suelto? ¿serán así todos?*

Por fin llegaron a la playa de estacionamiento de carros. Era un *Mercedes* azul del año 95. El chofer puso *la Samsonite* en la maletera y abrió educadamente la puerta a Otto. Acomodó su maleta de mano, el *Laptop*, y bajó rápido las cuatro lunas para que se refrescara un poco el interior –adentro era un horno.

Cuando el chofer pasaba su revisión de rutina al carro para ver si no le habían robado nada, se acercó corriendo un niño; se encontraba descalzo, agitado, todo harapiento, con la cara sucia, y dijo a Wili:

"¡Señor, señor, le he cuidado el carro!", se plantó frente a él, su respiración era corta y rápida.

"¿Así? ... pues anda mejor a vender papas a la Puna. ¿Cómo qué le he cuidado?, esto es una playa de parqueo, chiquillo ... ¡fuera, fuera!", le discutía Wili. Se sentó adentro. Con una mano agarró el volante y con la otra quería cerrar la puerta.

"¿Entonces le limpio el carro, señor?", insistió el chiquillo. Y echó detergente a la luna antes que le dijeran *"no"* otra vez. Quedó toda melosa y embarrada.

"¡Qué haces, mierda! ... ¡No ves acaso que está limpio!", gritó Wili, enervado.

"Aquí tengo agua y esponja, señor, ¿no sea malo, pues? Le quedará como nueva." Terco el chiquillo. "También tengo aceite *Tres en Uno*, para sus puertitas." Y comenzó a frotar aguerridamente el parabrisas con la esponja húmeda. No se podía ver nada de lo embarrada que estaba "... limpiecita le quedará, no se preocupe, Mister", frotaba y frotaba. Le echaba un agua turbia que más parecía del río *Rimac* –sucia, abombada. Como era pequeño, se trepó al techo, lo abolló un poco. Hacía piruetas con los brazos y miraba de reojo a Otto.

"¡Fuera de aquí, chibolo! ¡Me estás cagando el techo!", gritaba molesto Wili. Se quedaba prendido en el carro como un mono, era imposible bajarlo de allí. "¡Bájate de allí inmediatamente, carajo!", la paciencia se le acababa. Otto se había sorprendido por la actitud de la criatura que sufría para ganarse el pan. Admiraba su coraje y lo halagaba, pensaba en voz baja: *Qué rapidez, qué empeño de muchacho.*

"Usted disculpe, Profesor Otto, pero no se puede hacer nada contra esta gente." Cada vez que el muchacho se movía encima del techo, el carro se tambaleaba de un lado a otro. "Se reproducen como ratas, vienen de la sierra con sus padres porque creen que aquí van hacer fortuna." Miraba a Otto. "¡Me cago, carajo! ... y miren lo que hacen, empobrecen más la bella Lima." Y le volvió a gritar:

"¡Carajo, he dicho que te bajes!"

Otto comenzaba a sentir pena. El chiquillo seguía rozándole discretamente el antebrazo a la altura de la muñeca y sin que se diera cuenta.

"Wili, pero si es apenas un niño, ¿por qué lo tratas así?". Se le partía el alma.

"¿Niño? ... dirá, rata, ja-ja-ja", se reía "Estos son vivos desde que nacieron, más despiertos que usted y yo juntos, señor. Mírele nomás la nariz, toda pegada con *Terokal*, le dan duro a la bolsa. Ese se droga con la química del pegamento."

El niño por fin terminó su trabajo. Efectivamente, el parabrisa había quedado más limpio que antes.

Otto, con el alma ya destrozada no aguantó más y le dio diez dólares.

Se encontraban en plena avenida *Faucett*. Otto todavía no podía olvidar la cara desamparada de esa criatura, teniendo que ganarse el pan tan temprano. El chofer que observaba sus gestos de hombre misericordioso, le sonreía nomás.

"¿Usted le tiene pena a esa gente, no?", le insinuó. Manejaba distraído, silbaba alegre.

"¡Sí, ca*rrr*ambas! ...No lo puedo creer, tan pequeños y trabajando", movía la cabeza extrañado "... ¿no tienen acaso padres?", preguntó indignado.

"¡Uuuy, Profesor! si usted ya empieza a pensar así de ellos, pues mejor es que se ponga la sotana. Esto aquí se ve todos los días, pululan por todas partes: iglesias, hospitales, centros comerciales. ¡Ayayay!, si usted supiera, en las noches, se transforman en *Pirañitas* para robarles en mancha a los transeúntes", le advertía con gracia y miró por casualidad la muñeca de su brazo izquierdo. "¿A propósito? ... ¿y su reloj?", preguntó, como presintiendo algo malo.

Otto instintivamente se agarró la muñeca, estaba sin nada, la frotaba. Su reloj había desaparecido.

"¡No puede ser! ... ¡dónde está!", gritó sorprendido, se puso colorado, pero siempre guardando su postura de hombre tranquilo, flemático, pensativo. Miró a los costados, en los asientos, en el piso, palpaba los bolsillos de su saco "¡Dónde está, Wili, dónde está!" No aguantó más y estalló de nervios, gritando en alemán "*¡Ohh Scheisse, Scheisse!* ¡Creo que me lo robaron! ¡Ca*rrr*ajo, mie*rrr*da!", requintaba desesperado.

"Ya ve ... de seguro que fue ese chiquillo ... ¡Lo sabía, lo sabía!", dejó su alegría a un lado, se compadeció, inclinó la cabeza. "Ahora entiendo porque ese afán de treparse al techo: con una mano limpiaba la luna y con la otra le tiró su bonito reloj, Profesor ... ¡Vivo el chiquillo! ¡Tremendo pendejazo!"

"¡Sí, homb*rrr*e, sí, homb*rrr*e! ... ¡Ca*rrr*ajo, ca*rrr*ajo!, ¡mi reloj, mi reloj!", repetía a cada rato, tragaba saliva, encogió sus hombros. Se quedó meditabundo y cabizbajo.

Wili paró el carro, la luz del semáforo indicaba rojo. Se encontraban en el cruce con la Av. *La Marina* y *Faucett*. Wili abrió la luna, expectoró; le gustaba escupir siempre, de cada diez palabras que hablaba, soltaba una mojada. Sudaba, se secaba con el pañuelo. La polución de los carros y el polvo que había en el ambiente era desesperante. Había un embotellamiento de carros. La gente tocaba bocina.

Los microbuseros que ofrecían sus servicios, gritaban casi colgados de los estribos de las puertas; hacían sonar las monedas de sencillo que llevaban en la mano: *"Ya avanza, avanza que al fondo hay sitio"* *"... todo Faucett, la Marina, la Perla, Callao, Callao"*, gritaban a voz de cuello. Se paraban en el centro de la pista, congestionaban más el tránsito vehicular; todos llenos de pasajeros, apiñados, parecían latas de sardinas; por el sobrepeso humano que llevaban, el chasis se inclinaba peligrosamente a un lado. Había una viejita que quería subirse a uno en medio de la pista y con el motor en marcha, no sabía de donde cogerse, le colgaba medio cuerpo por la puerta, el cobrador le decía: *"agárrese fuerte, aquí, abuelita."* Otro que mientras vociferaba la ruta: *"todo Argentina, cementerio el Ángel, el Británico, la Nené, Trocadero, Trocadero"*, comía su plátano y botaba la cáscara al piso. Los colectiveros manejaban sin bocina, golpeaban agresivamente la carrocería de sus puertas y gritaban sin miramientos sacando sus cabezotas por la ventana: *"¡Ya avanza, pues, huevón!"* *"¡Conchatumadre, abre campo, carajo!"* Detrás del *Mercedes* se puso un camión recolector de basura, impaciente, tocaba y tocaba su claxon de sirena de barco; había recolectado tanta basura que los olores eran nauseabundos y se cruzó delante de Wili. Le caían pedazos de cáscara de sandía, pepas de mango chupadas, trozos de carne fétida, y bolsas rotas llenas de desperdicios biológicos; y atrás, pegado en la tolva tenía escrito en una placa con letras góticas, que decía: *"LEE LA BIBLIA, QUE DIOS ESTÁ CONTIGO."* Otto se había asustado, todo le parecía extraño y desordenado. Miraba a todos lados: las calles sucias, mal pavimentadas, con huecos por todas partes, nadie respetaba las reglas de tránsito. Para el chofer esta situación era lo más normal del mundo, estaba acostumbrado. Él tampoco respetaba las reglas, hacía lo que le daba la gana: se pasaba los semáforos, esquivaba y sobrepasaba a todo el mundo sin medir la velocidad, tocaba bocina y maldecía como un energúmeno: *"¡Rechuchatumadre, mal nacido! ¡Fíjate por donde manejas, serrano de mierda! ¡Métete la pinga al culo, hijodeputa!"* Y al ver la cara de impresionado e incomodidad de Otto, volteó y le dijo:

"Discúlpeme, Profesor, pero a estos especímenes hay que tratarlos así", se rió; sacó la cabeza por la ventana, hizo un ruido desagradable, volvió a escupir. "De otra manera no entienden estas mulas. A esta hora por esta zona el tráfico es insoportable. Usted ha venido en un mal momento." Le hablaba sin vergüenza, fuerte; seguro de que lo que estaba haciendo, era lo correcto.

A Otto le daba repugnancia cada vez que escupía, y pensaba: *qué cochino es este hombre, debe tener problemas con sus glándulas salivales.* Se prendía fuerte de las manijas de las puertas y con el cinturón de seguridad bien puesto; le advertía asustado, temiendo también por su vida.

"¡Ca*rrr*ambas, Wili! ... ¿por qué no te pones el cinturón?"

"¿Cuál cinturón, señor? ... eso es para los mariquitas que no saben manejar, además, me hace sudar, transpiro, y la camisa se me mancha."

"¡Ca*rrr*ambas, ca*rrr*ambas!", se mortificaba Otto.

"Profesor, si nos ponemos ahora hacer todo lo que dicen las reglas, estaríamos jodidos, pues, no llegaríamos nunca. Supongo que querrá también llegar rápido a su apartamento ... ¿o no?" Esquivaba los carros como loco, algunos le insultaban y le declaraban también la guerra a escupitajos.

"¿Y ahora? ... ¿por qué no avanzamos?", preguntó Otto. Miró afuera, quería curiosear.

"¡Nooo...! ¡la puta que te parió!", exclamó Wili. Se pegó suave la frente con la mano. "¡Otra vez *SEDAPAL*! ... están arreglando. Es el servicio de agua potable, Profesor." Golpeaba el timón con cólera. "Esto no puede ser, hasta cuándo, ya llevan abriendo zanjas dos años y en el mismo lugar."

Le entró las ganas de orinar. Vio al costado de la pista un automóvil viejo que estaba varado casi encima de la vereda peatonal. Se cuadró detrás de él.

"¿Y ahora qué sucede?", preguntó Otto "Usted no puede pararse aquí, es zona de transeúntes." El chofer apagó el motor, sacó la llave. Otto, precavido, siempre cuidadoso con los reglamentos, miró a todas las direcciones, y gritó espantado: "¡Qué hace, qué hace, homb*rrr*e! ...

¡está Usted loco!"

"Tenga calma, Profesor, es solo una *achicadita*, ahorita vengo." Salió y juntó la puerta.

"*¿Achicadita?*", preguntó dudoso, no había entendido la jerga.

Wili se rió, aguantando la vejiga.

"Claro, pueee ..., achicadita, pipí, orinar ... ¿me entiende ahora, Profesor?"

"¡Está loco! ... ¡Aquí, en plena calle! Aguántese mejor hasta que lleguemos. Usted no puede hacer eso, Wili." Y vio que en la otra esquina había un joven que se puso a defecar junto a un poste, tenía diarrea, el olor penetrante a caca llegaba hasta el auto; era peor que sufrir los estragos de una bomba lacrimógena. Se tapó la nariz y los ojos, le dieron nauseas.

"Ya ve, no soy el único. No se preocupe que no me demoro", y corrió detrás del carro viejo. Se le veía todo, sacudía su pene a vista y paciencia de todo el mundo.

Al ratito un tipo raro se acercó a Otto por atrás. Tenía los ojos hundidos, estaba demacrado, escuálido, llevaba puesto un polo rojo que decía: "*Centro Victoria*" Lo miró con una mirada perdida, el pelo enredado, largo y mal cuidado, se parecía a un *Rappero*, y le dijo:

"Hermano, ayúdame a rehabilitarme", le quería dar unas golosinas "¿Cómprame unos caramelitos?" Por el calor de su mano sudorosa, los caramelos se habían derretido; parecían gomas.

"*Ohh, nein! ... schon wieder!*" exclamó perturbado en alemán, el corazón casi se paralizó del susto. Cerró rápido la ventana, y pensó, *creo que hoy no es mi día, otro que quiere algo.* Le volteaba la cara, lo ignoraba. "No, g*rrr*acias, señor ... *nein, nein!*"

Pero el hombre insistía, golpeaba el vidrio, era un drogadicto, estaba desesperado, y le confesaba:

"Señor, tenga piedad, le juro que ya he cambiado, ya no chupo ni me drogo. He pagado mis penas muy duro", su mano temblaba. En eso se le cayó una botella de ron al piso. La había llevado escondida en uno de los bolsillos. Otto no se había dado cuenta y, como siempre comenzó a sentir compasión por los desamparados. Abrió la ventana y le dio tres monedas de 25 centavos de dólar —era lo único que tenía de sencillo.

El drogadicto las miró y comenzó a maldecirlo:

"Gringo amarrete, conchatumadre, morirás en la hogera por avaro", le escupió, le hacía figuras obscenas con la mano "¡Rechuchatumadre! ... ¡qué te has creído, Yanqui!", golpeaba fuerte el vidrio con los nudillos. "Eso no me alcanza ni para medio paquete, dame más, ya." Se volvió agresivo, le exigía.

Otto se perturbó, cerró inmediatamente todas las ventanas con pestillo. Miró a Wili si ya había terminado de orinar. Nada, él seguía sacudiendo su manguera larga. El líquido amarillento que le salía, dejaba un surco bien marcado en el suelo que desembocaba en la vereda. Parecía un río. Botó lo último que quedaba, flexionó ligeramente las rodillas, metió su cosa como carambola en el pantalón, cerró el cierre, se acomodó los testículos y, se dirigió al carro, feliz y aliviado.

"¡Fuera, carajo, fuera!", gritó Wili sorprendido al *Rappero*. No le había gustado que ese hombre molestara a su jefe recién venido de Alemania. Y valiente comenzó a agredirlo con puntapiés, cachetadas, lo bombardeaba con escupitajos (algo que sabía hacer muy bien). "¡Anda trabaja, ocioso! ... ¡y toma, y toma, carajo! ... ¡PUM! ¡POM! ¡PAM!" No le tenía compasión, se movía como *el Tigre de Malasia*.

El *Rappero*, en cambio, esquivaba los castigos de Wili con gran destreza, se cubría la cara con las manos y le decía: "¡Cuidado con la pepa! ... ¡en la cara no vale!" Era también agilito, escupía más rápido que Wili, quebraba cintura, aleteaba hombros, saltaba con la punta de los pies (eso lo había aprendido cuando se drogaba con el extracto de cactus *San Pedro,* allá en la cima del cerro *Marcahuasi*)

"¡Métete los caramelos al culo, drogo de mierda!", lo humillaba, hasta que no aguantó más y se retiró todo magullado y rendido. El *Tigre de Malasia* había ganado.

Se acomodó la guayabera, había perdido dos botones, y la suela de sus mocasines ruidosos marca *Chasqui* se habían despegado.

"A como están las cosas, procuraré mejor cortar camino. Ya le dije, Profesor, ha venido usted en un mal momento. Los viernes, la avenida *La Marina* es insoportable. Además, que la zona es tuguriosa. Conozco un atajo por el *Parque de las Leyendas*, así nos evitamos los policías y vendedores ambulantes.", dijo Wili, todavía agitado por la contienda. Otto en cambio, bien arrinconado en la esquina de su asiento, pensó asustado: *Cómo se atreve el señor Wolf mandarme a este loco de chofer. Para la próxima mejor me vengo en taxi.*

Pararon en otra intersección. Sintieron que detrás del carro, junto a las luces direccionales rojas, alguien se había recostado poniendo el codo sobre la maletera; parecía como si estuviera descansando. El chofer del automóvil que se encontraba detrás de ellos, gritó advirtiéndoles de un peligro: "¡Cuidado, cuidado! ... ¡le están robando el faro!" Pero ya era tarde, la luz del semáforo había cambiado a verde, Wili tenía que avanzar. Atrás le seguía ese individuo corriendo agilito con sus zapatillas blancas: en una mano llevaba una herramienta y en la otra el faro recién desmantelado. Quería robarles el otro. Por una calle lateral apareció un patrullero escandaloso que hacía señas a Wili con luces de discoteca y una sirena que volvía sordo a cualquiera. La bulla era estruendosa. El policía bajó del vehículo: un hombre gordo, caminaba lento, abría las piernas como escaldado, todo desganado, como si su trabajo también le aburriera; se agarró el quepis y acomodó el arma que llevaba colgada en su cinturón ancho de cuero negro. Wili veía de lejos que el hombre con zapatillas se acercaba cada vez más.

"¡Jefe! ... ¡me han robado, me han robado!", le decía desesperado al policía y señalaba al hombre que estaba corriendo.

"¿Así? ... Bah, ¿quiere que se lo crea? ... sus documentos, señor", le ordenó el policía. Miró a Otto de reojo que se había entornillado nuevamente en la esquina de su asiento, todo atemorizado, y pensó: *Ajá, qué bueno, es Gringo, aquí hay plata.* "Usted no tiene el faro direccional de luz roja ... ¿sabía?", le acusaba con voz de mando, serio, como si fuera un caso de vida o muerte.

"Lo sé, jefe, pero me lo acaban de robar, y fue ese *malnacido* que viene corriendo." Lo señalaba con furia. El ladrón corría como si estuviera compitiendo en la maratón *Cafetal.* Al parecer al policía no le interesaba su opinión y, tuvo que entregarle la licencia de conducir y la tarjeta de propiedad de todas maneras.

"Hmm ... veamos, veamos", le decía el policía, se tocaba el mentón "... según el reglamento de revisión técnica usted está obligado a manejar con todos los faros completos. Le voy a poner una papeleta de 250 soles, me entiende."

"¿Pero por qué, jefe? Si yo no hice nada, mire ...", y le mostraba los cables eléctricos que habían quedado sueltos. "Todo está muy fresco, son las pruebas del delito, jefe ... ¡Me lo robaron, me lo robaron!", movía la cabeza, molesto, indignado. Le provocaba cachetearlo.

En eso apareció el corredor olímpico con el faro, todo agitado, era tan flaco que no sudaba, se veía como le latían las venas del cuello. Se hacía el inocente, de buena gente, comprensivo.

"¡Señor, señor!, se le ha caído su faro. Yo quería ponérselo y usted arrancó nomás", le dijo a Wili, muy servicial. Miraba de reojo al policía, le hacía una seña con el ojo. "¿Si usted gusta se lo coloco ahorita?", probaba el faro a ver si encajaba con los alambres.

"Ya ve ... ¿qué cosa cree? ¿qué él es un ratero?", le advertía enérgico el policía a Wili. La fuerza del orden se hacía respetar. Miraba al flaco y se reía "¡Ah, no, no, señor! ... Esto merece un perdón, él quería solo ayudarlo. Más bien dé gracias a Dios que ha encontrado su faro", miró al deportista con zapatillas y le dijo: "Ya zambito, colócale nomás su faro al señor."

Wili no sabía qué responderle, le habían agarrado frío, pero como necesitaba el faro, dejó que se lo colocaran.

"Listo, señor, ya está bien armadito su faro, le ha quedado mejor que antes. *¡Mercedes!* ... buena marca, ¿no? Y ahora me toca el dulce, son treintas *lucas*", le dijo el deportista, se frotaba alegremente las manos.

"¿Cómo que treinta? ... ¿estás tú huevón o qué?, le discutió Wili. Se sacó la gorra, sus pelos bien engomados con *Glostora* y raya en el centro se le habían erizado. Tenía que controlarse para no convertirse nuevamente en el *Tigre de Malasia* y agredirlo. "Tú eres un ladrón, ¡conchatumadre! Te daré solo diez."

"Señor, señor, guarde calma, por favor", intercedió la fuerza del orden. "Mejor es que le pague lo que dice, sino nos vamos a la comisaría y le pongo doble infracción, que también le está faltando el respeto a la autoridad." Rozaba la visera del quepis con sus dedos que parecían unos *ollucos*. Tomó aire, su barriga se inflaba más que el pecho, con una papada de *pejesapo* que se dilataba. Era un policía bien alimentado.

"Sí, sí", aseveró el cholo ratero, se reía con una sonrisa maquiavélica.

"Qué se le va a ser, pues", dijo Wili resignado, y pensó: *Mierda, me han metido la yuca.* "¡Toma carajo!", y le tiró los billetes.

Justo cuando ya estaban por partir, Wili escuchó que el policía le decía al ratero: "Ya apúrate, *Rata*, y dame los veinte que hemos acordado", miró a los costados, estiró la mano, arrugó rápido el dinero, se lo metió al bolsillo, y luego le dijo: "Ven y sube rápido, que ahorita me toca el relevo y todavía falta completar tres faros más."

Wili estaba que ardía peor que un dragón, le habían amargado el día. Pero ya no podía hacer nada, desaparecieron como relámpago. De refilón observó a Otto que se había quedado mudo, se le había ido el habla, sorprendido por todo lo que había pasado.

"Tenga calma, Profesor, parece que hoy la luna llena se ha cruzado con Júpiter, tenemos un mal día. Hay que guardar la paz nomás. No vaya tener usted una falsa imagen de los limeños ... ¡De ninguna manera!, porque el Perú es bello en costa, sierra y selva.", le dijo Wili, quería olvidar, era optimista. Prendió la radio, pasaban el valcesito *la Flor de la Canela* de *Chabuca Granda*. Se emocionó, subió el volumen. "¡Ayayay! ... qué buenos tiempos aquellos, ésta sí que es música, Profesor."

"*Oh, yah, yah* ... me doy cuenta, me doy cuenta", contestó Otto, todo encogido de miedo. "Desde que llegué, no he parado de dar propinas. Pero ahora ... eso lo del policía y ese ladrón ... ¡No puede ser, no puede ser! ¡Con uniforme y chantajeando a la gente! ... *unglaublich!, Wahnsinn!*" Se tocó la frente, tenía dolor de cabeza. El pobre ya no podía más, llevaba más de una hora en el carro y todavía no llegaban.

"¿Se siente mal, Profesor? ¿Qué tiene? ... Paciencia, paciencia, falta nomás el cruce con la avenida *Basadre*, un par de cuadritas más, y ya llegamos a la calle *Flores*, donde está su apartamento *de lux*. Es muy lindo, ¿no, Profesor?" Por un momento lo envidiaba, pero al verlo como sudaba y sufría, pensó: *Ah, carajo, creo que el gringo se me está deshidratando*. Y le propuso:

"Profesor Otto, qué tal si le convido una gaseosita heladita, ¿le parece bien?"

"*¡Ohhh!* ... buena idea, señor Wili, por fin algo bueno", exclamó. Se estiró del asiento como acordeón. Se reanimó un poco. "*Grrr*acias, señor, *grrr*acias."

"Wili, Profesor, ¿ya se olvidó? ... conmigo nada de *Señor*, sino me amargo y no le convido nada, ya." Se había resentido. Era de esos criollos que no perdía su humildad.

"Muy bien, Wili, discúlpame ...", le tocó el hombro, tímidamente. "Es que sigo con la costumbre alemana."

Pararon en la otra esquina. Había un ambulante que vendía emoliente, gaseosas, cerveza en lata, butifarras, empanadas, y todo lo que podía llenar el estomago.

"Le compraremos a él, Profesor, yo lo conozco, es *Pirulo*, vende las bebidas heladitas y baratas."

Bajó rápido la luna, sacó cinco soles.

"*Pirulo* ... dame una *Incacola* y dos rubias bien heladitas", le gritaba al ambulante.

"¡Ya, al toque!", contestó *Pirulo*, contento que alguien le comprara algo. Agarró los cinco soles, los miró y dijo "... pero falta dos soles", no se movía de su sitio, clavado en la puerta, miraba de refilón a Otto.

"Ya no importa, mañana te pago, Pirulo."

"¿Mañana? ... No, señor, usted me debe todavía cinco de la otra vez", se frotaba la barriga debajo de la camisa; la tenía inflada como la de los negritos de *Uganda*, se le veía el ombligo grande y sobresalido.

"Anda pueee ..., Pirulo, mañana me pagan y te daré todo lo que te debo, ¿okey?"

Pirulo clavó la vista a Otto.

"¿Y el gringo?", insinuó "... ¿no tiene plata?" Como hablaban tan rápido y en jerga, Otto los miraba nomás, no entendía nada.

A Wili se le prendió la chispa, y pensó: *verdad, Pirulo tiene razón, qué buena idea me ha dado, él tiene dólares.*

"Profesor Otto, tenemos problemas. Ahora que me acuerdo, todo el dinero que tenía se lo di al ratero y a ese policía, ¿lo recuerda?" Puso cara de necesitado "¿Usted no cree que tendrá unos dolarcitos?"

"Pero por su puesto, no se preocupe ... ¿cuánto es?" Otto era buena gente, confiado, creía en las cosas que le decía el prójimo.

"Son más que siete soles, Jefe", se adelantó Pirulo y calculó rápido el cambio en dólares "*three dollar*, Mister", señaló tres con los dedos.

"Anda, huevón, no le robes al gringo, ya. Son más que dos dólares.", le advirtió Wili.

Y le pagó nomás, estaba con mucha sed.

"Tome, y quédese con el resto.", dijo Otto.

"*Thank you*, Mister", y miraba a Wili como diciendo, *aprende huevón, que no es como tú.* Quería aprovecharse de la buena voluntad de Otto, y le dijo: "¿*Do you like* empanaditas? ... tengo también *choritos a la chalaca*, con su limoncito, *fresh-fresh*, recién saliditos del *ocean*, Mister?"

"Ya, cholo, deja de hablarle en inglés masticado y dame la gaseosa y las cervecitas de una vez, que estamos apurados.", se impacientaba Wili.

Pirulo lo miraba incrédulo, escéptico.

"¿Y los cinco soles que todavía me debes?", le recordó.

"¡Puuuta, Pirulo! ... ¡qué jodido eres! Ya te he dicho que te pagaré mañana."

"Te daré entonces solo las cervezas chicas, ya."

"Ya, carajo, y apúrate de una vez."

Recibió las bebidas y partieron. Mientras se dirigían a la avenida *Basadre* ya bien racionados, Wili no aguantó más y abrió su cerveza.

"¡Qué haces, homb*rrre*! ... ¡tú no puedes tomar, estás manejando!

Te quitarán la licencia de conducir", se sorprendía Otto. Pero él ni caso le hacía, seguía tomando.

"¡Ahh, qué rica está!, heladita como a mí me gusta ... ¿quiere un poco?", le mostró la lata, la limpiaba con el borde de la camisa. "Ya le he dicho, Profesor, estamos en el Perú, un país libre e independiente ... ¡Salud, pues!", se le chorreaba el líquido espumoso por la boca.

"¿Pero y los policías? ... ¿Puede chocar, causar un accidente, matar a alguien?", le advertía Otto, temeroso.

"¡Ay, señor, cuídame de los inocentes!", balbució Wili, movía la cabeza. "Si los policías sirven solo para crear más desorden y robarle a la gente, son unos corruptos de mierda. ¿O ya se olvidó lo que me hicieron con ese ratero?"

"*¡Ohhh! ¡Yah, yah!* ...¡muy mal, muy mal!", exclamó. Meneaba su cabeza de hombre pensante, fundado, siempre pegado a la letra.

Estaba cansado, cerró un rato los ojos. Se había quedado dormido.

El carro se movía igual que una carroza de la edad media: pasaban por baches, huecos, zanjas, basurales, perros muertos, y otros animales descuartizados no definidos. En una de esas ... ¡Sass!, sobrepasó por un sifón de desagüe sin tapa. Otto saltó hasta el techo, se agarró la nuca, le había dolido el golpe.

"¡Qué fue eso!", exclamó estremecido. Ya no se le veía blanco sino amarillo. Se masajeaba el cuello, lo movía ligeramente a ver si las cervicales todavía se encontraban en su sitio.

"Un sifón sin tapa, Profesor", dijo Wili. Revisó la marcha del carro, puso segunda y luego primera, bajó la velocidad. "Ojalá que el hueco no me haya cagado la caja de cambios", dijo preocupado.

Paró y salió del carro, se agachó, inspeccionó las ruedas, los muelles, el motor. El aro de la llanta trasera izquierda se había doblado un poco, y el tubo de descape se había desprendido de su armazón. Lo ajustó con un alambre. Otto salió adolorido del caro, quería también ayudarlo.

"No, Profesor, de ninguna manera, usted siéntese nomás, para eso me pagan, ahorita termino", tomaba muy en serio su oficio de chofer. "Mañana lo llevaré de todas maneras al taller para que le revisen las llantas." Probaba la presión del aire, tirando puntapiés suaves a la llanta. "Todo está conforme, no hay problema, podemos continuar." Volvió a subir al carro, se frotó las manos y miró aliviado a Otto "No hay nada que hacer, cómo se nota que es un *Mercedes made in Germany.* ... Ja-Ja-Ja", se rió aliviado, decía sus palabritas en inglés. Habían transitado por una calle llena de sifones de desagüe sin tapa, siempre los robaban para luego fundir el metal y falsificar monedas.

Ahora se encontraban en una de las avenidas principales más largas y transitadas de la gran Lima Metropolitana: *la Javier Prado.* Pararon en una intersección. Afuera había una aglomeración de vendedores ambulantes que caminaban bordeando los carros y gritaban a voz de cuello, vendiendo impacientes sus productos: videos, libros, comida, ropa, etcétera. Había uno que ofrecía hasta loros y monos enjaulados. Se amotinaban alrededor del *Mercedes.* Un zambo se pegó a la luna de Otto y le dijo: "Gringo, ¿cómo va la cosa?, ¿funciona? ... ¿por si acaso tengo condones *Sultan*?", le enseñaba la hilera de paquetitos "... hay también *yohmbina, viagra, aceite de culebra, esencia de apio,* para que se le ponga palo. Mire ... aquí, aquí", le mostraba las pastillas y los aceites con la otra mano. "¿Tengo también películas porno?, son buenazas: con animales, caballos, perros, chivos, zoofilia, *hardcore, shemale,* carnicería humana, hasta con chibolitas tiernas, quinceañeras, Mister ... aproveche, aproveche." Era un vendedor sin escrúpulos, desinhibido. Dejó a un lado las cosas que llevaba en la mano y sacó de una bolsa todo el surtido de videos. "Ya, pueee ... llévese tres por uno, agarre con toda confianza", pegaba las películas en la ventana "¡Rico, rico! ... para hacerlo también con la gila." Por la otra ventana una serrana motosa le gritaba con una voz de pito que perforaba tímpanos: "¡Aaaalfajores, guargüeeeeros, guargeee ...! ¡Camote dulce, canchita salada, maní, maní!", metía la mano entre la rendija de la ventana que había quedado abierta "Hay también maní dulce. ¡Cómprame, cómprame, pues, *Papai*! ... ¡No sia malo, pueee ...!", le lloraba la serrana. A Wili le invadieron dos vendedores desesperados, se disputaban la venta de toda una librería de libros falsificados: *Bryce, Vargas Llosa, García Márquez, las homosexualidades de Bayly;* hasta técnicos, enciclopedias, recetas de cocina, guías de calles, manuales para la declaración de impuestos, etcétera. Otto se sentía asediado, invadido, no sabía qué hacer, qué decirles, si comprarles o no. A donde volteaba, no veía más que a vendedores callejeros. *"Scheisse, Scheisse! ... leck mich am Arsch!*, se fastitiaba en alemán, ya no podía pensar en español "*... zur Hölle mit dir!"*

"Mejor no les diga nada, Profesor, ni menos en alemán, sino creen que aquí hay plata.", le advertía el chofer "Porque estos no creen en nadie."

En el carro que estaba al costado de ellos, había un cholo que mientras ofrecía sus productos le sacaba atrevidamente la lengua a la mujer que se encontraba adentro. Le decía: "Cómprame, mamacita, y te hago la sopita gratis." El hombre parecía una *Iguana,* jugaba con la lengua y achinaba sus ojos.

"Cierre mejor bien su ventana, Profesor ... ignórelos, ignórelos."

"*Ohhh, yah, yah"*, respondió Otto, espantado. Cerró rápido la ventana "¡Fue*rrra*, fue*rrra*! ... *¡fui, fui! ¡hoi, hoi! ¡hui, hui!"*, les gritaba a su manera, movía sus manos raro, como abanicándolas. Esa gente lo ponía muy nervioso.

Avanzaron ochocientos metros y dos cuadras antes de llegar a la avenida *Basadre,* otro embotellamiento de carros y gente. Era una manifestación pacífica de mineros despedidos a raíz de la nueva ley de estabilidad laboral y que reclamaban su trabajo (eso ya hace como veinte años). Cargaban un altar y rezaban a su Santo de los Cerros para que les diera vitalidad y, pudieran seguir luchando contra las injusticias del gobierno y la oligarquía peruana. Caminaban lento, arrastraban los pies, todos vestidos con uniformes con cascos, botas, mascarilla antigases, y guantes de minero; algunos llevaban colgados en el pecho cartones escritos con unas fallas ortográficas imperdonables. Mientras pasaban al costado del Mercedes, botaban un incienso con olor nauseabundo; miraban sobre todo a Otto: "Reza por nosotros, Gringo pecador", le murmuraban despacito, y botaban a propósito más incienso, casi ni se podía ver por el humo; uno con cara de inquisidor, subió el tono de su voz y le dijo: "O tuyo será el reino de Satanás", y todos repetían al unísono "Sííí ... reeezzzaaaaa ... reeezzzaaaa" Otto se escabullía en su asiento igual que un niño indefenso, temblaba.

"¿Y ahora? ... ¿qué significa esto?", preguntó atemorizado. Cerró la ventana. Por el incienso no podía respirar bien, los ojos le lagrimeaban, tenía miedo, se exaltaba. "¡Nos van hacer algo! ... ¡Nos van a matar!" La gaseosa que había tomado le había quedado como un nudo en la garganta.

La bulla era cada vez más fuerte: "¡Reeezzzaaa, Gringo, reeezzzaaa!", gritaban, le daban manotazos al *Mercedes*; se tambaleaba. Las huellas de sus dedos cochinos quedaban todas impregnadas en la carrocería.

Y Otto:

"¿Pero qué quieren que rece, si soy ateo?"

"A la *Virgen de la Candelaria*, Profesor ... Ja-Ja-Ja", contestó Wili, bromeando. Se reía "No les haga caso, Profesor, son unos vagos. Quieren llamar solo la atención. Hace como veinte años que los despidieron y ahora quieren volver a trabajar, los muy conchudos. Son unos ociosos disfrazados de mineros, la mayoría, vividores y borrachos."

"¡Así! ... Pero mírelos cómo andan, ¿por qué no les ayuda el Estado?"

"¿Cuál Estado, Profesor? Aquí, el único Estado es él de tu existencia. A ese *Pacahcutec* que tenemos de presidente lo único que le interesa es su bolsillo y fama, igual que el resto de los políticos. Ya me dijo un día mi madrecita que en paz descanse ..." Se persignó rápido dos veces, besó el dedo pulgar, tocó la estampita del *Fray Moreno* que tenía colgada en el espejo retrovisor. "... Que la mejor profesión es ser diputado o político."

"¡C*arrr*amba, c*arrr*amba! ... ¡Definitivamente hoy no es mi día, Wili!", le decía Otto, muy desconcertado. "¡Qué tal camino! Esto no termina nunca, es peor que la excursión que hice a *Katmandú* ... ¿Es así todos los días?"

"No, Profesor, solamente los viernes, y para mala suerte cae también fin de mes ... Ja-ja-ja", se reía, despreocupado; estaba acostumbrado.

Otto no dijo nada más. Se recostó en el filo de la ventana y miraba absorto como rezaban. De afuera lo observaban como si él fuera el único culpable de sus desdichas.

"¿Y dígame ahora, cómo salimos de aquí? ... Quiero abrir la ventana, ya no aguanto el humo, el calor me marea", se quejaba.

"Todavía no, Profesor, aguántese un poquito más, hay que esperar mejor que pase el circo" Abrió la segunda lata de cerveza, se la tomó de un porrazo. "¡Ahh! ¡qué rico! ... ¡está heladita!", se lamía los labios, la saboreaba con placer.

"¿Ya terminó su gaseosa?", le preguntó a Otto.

" Sí ... ¿por qué?"

"Démela que la voy a botar con la otra basura." Juntó sus latas vacías de cerveza, cáscaras de frutas, un sándwich de palta pasado, las colillas de cigarrillos que había en el cenicero; metió todo en una bolsa, la comprimió fuerte, hizo un nudo, abrió la ventana y, la arrojó sin contemplaciones a un pampón junto a otro montículo de basura.

"¡Se ha vuelto usted loco! ¡Recoja inmediatamente lo que ha botado!", le gritó Otto, indignado, absorto, con la boca abierta, no podía creer lo que acababan de ver sus ojos. "¿Para qué entonces están los basureros, Wili?"

"¿Así?, ¿cuáles, Profesor? ... no veo ninguno, si se los roban todos. Si los demás lo hacen, ¿cuál es entonces el problema, Profesor? No acostumbro a nadar contra la corriente." Otto se avergonzaba por estar al lado de una persona tan irresponsable. La presión arterial se le subió, arrugó la frente, y pensó: *Calma, Otto, éste está loco. Menos mal que no todos son así.*

"Está bien, entonces haga lo que mejor le parezca", le dijo con un gran esfuerzo emocional.

Wili se reía, con él no era la cosa. Quería más bien darle ánimos.

"Cámbieme de cara, pues, Profesor, que pronto llegaremos ... Je-je-je", se reía, indiferente, siempre despreocupado. "Es que yo soy algo más espontáneo, informal, no me importa lo que digan los demás. A eso se le llama personalidad, jefe. Pero no se preocupe que también hay cositas buenas, no todo es malo en esta tierra que nos regaló Dios

... ¡ya verá, ya verá!", subió el volumen de la radio. Hablaba en plural, generalizando, como si todos los peruanos fueran igual que él. "Por ejemplo: el clima, la comida, la belleza de su geografía, playas; con su gente sencilla, no complicada. Seremos desorganizados y dejados, pero unos artistas para sobrevivir, nadie nos gana. De la nada podemos producir hasta petróleo, de donde come uno comen cinco. Así como lo escucha, Profesor, la pobreza también se comparte." A Otto le estallaba la cabeza de dolor; se imaginaba estar viviendo una pesadilla. Wili le hablaba fuerte, desinhibido. "Y sin embargo, vivimos felices, alegres, adoramos a nuestras familias. Mientras más numerosa y llena de hijos, mejor pues.¡Qué viva el Perú, carajo! ... *Tengo el orgullo de ser peruano y soy feliz*", cantaba orgulloso la sonata de su vals criollo preferido. Adoraba su Perú. "Ah, pero eso sí, lo mejor de todo, son nuestras mujeres ... ¡Qué ricas que son! Imagínese, treinta años de casado y todavía le hago el amor rico", estiraba los ojos de satisfacción. "Vivo enamorado de ella. ¿Usted qué cree?, lo hacemos por lo menos tres veces a la semana ... ¿cómo la ve, mi Profesor? A pesar de mis casi sesenta y cinco, este pajarito todavía canta como el *Ruiseñor*." Se reía orgulloso. "Por eso es que me enamoré de mi Lupita ... ¡Ayayay!, no la cambiaría por nadie, porque además, tiene oro en las manos para la cocina."

Lo único que le interesaba a Otto era llegar sano y salvo al apartamento, ducharse, y dormir si fuera posible hasta el lunes para estar fresquito en su primer día de trabajo.

"Wili, ya llevamos casi dos horas y hemos recorrido solo quince kilómetros ... ¿cuándo llegamos?"

"Ya falta poquito, mi Profesor. Seguro que hoy va a caer a la cama como un niño recién nacido. Felizmente que tiene sábado y domingo para descansar y arreglar sus cosas, ¿no?" Lo miraba por el espejo retrovisor, buscaba tertulia, curioso por saber algo más sobre el famoso *Otto* de Alemania. "Usted disculpe por la impertinencia ... ¿Y su mujer cuándo viene?"

"No soy casado, ni tengo ninguna mujer", le contestó seco. No le gustaba que le hablaran sobre el tema. "Prefiero el trabajo, es todo para mí, no tengo tiempo para otras cosas", afirmó, y miró a otro lado. Juntó sus delgados labios que se confundían con el resto de la cara.

"¡Qué dice, Profesor, no diga eso, caray!", movió la cabeza, no muy convencido por la respuesta. Gesticulaba con la boca. "Las hembritas son el elíxir de la vida, pueee ...", le entró la duda y pensó *¿o, será maricón, el Gringo?* "Ya verá que de repente conocerá a una limeñita salerosa, bien sazonada, y no la soltará nunca, ¿verdad? ... Ja-Ja-Ja", soltó una carcajada. Prendió un cigarrillo "¿Quiere que le dé un consejo? El trabajo es importante, pero no exagere, tómese también su descansito para el machito"

"*¿Machito?*", preguntó. No había entenido la jerga.

"Claro, pues, Profesor ... a meterle pinga, pene, tener rico sexo", le insinuaba con señas obscenas con la mano.

"*Ohh, yah, yah ... ¿bumsen?*", le contestó con otra palabra en alemán, su castellano no era tan avanzado.

"Sí, sí ... eso mismo, Profesor ... *bumsen, bumsen*", y le repetía Wili la misma palabra, sin saber su significado, pero se podía imaginar.

"*Mmm,* comp*rrr*endo, comp*rrr*endo ...", le contestó dudoso, moviendo la cabeza "... para eso no tengo tiempo, Wili ... ¡mucho trabajo, mucho trabajo! Por eso es que he llegado a ser lo que soy ... ¿me comprende ahora?"

"¡Ah, carambas!, verdad, me había olvidado que es usted un genio, una eminencia gris."

Otto inflaba pecho, complacido por tales halagos, siempre confiado en su capacidad intelectual y conocimientos académicos, y se imaginaba: *Sí, sí, y espérate nomás que cuando regrese a Alemania, el puestazo que me van a dar.*

"Eso está muy bien, mis respetos, Profesor. El Perú necesita hombres talentosos como usted. Ojalá que tenga también éxito aquí."

Ya tenía más confianza. Le buscaba la conversación. Quería también hacerle cómplice de sus ideas.

"Yo no quiero menospreciar su trabajo, sé que es usted un magnífico profesional, recién llegado de Alemania, profesor numerario de una distinguida Universidad, doctor en análisis del trabajo, un hombre ultra-especializado y con todos los títulos del mundo y con muchas ganas de aplicar su sapiencia, pero creo que a la empresa *Beta Peruana S.A.*, no la salva nadie. Porque los que allí trabajan, son todos una sarta de tramoyistas y aprovechadores." Wili no estaba contento en su trabajo. Se sentía desmotivado, relegado, y como era un resentido, hablaba mal del personal. Hace como cuatro años que no le aumentaban el sueldo. Por su irresponsabilidad y forma especial de ser, su jefe tampoco lo aguantaba. Querían deshacerse de él.

A Otto se le volvió a subir la presión. Era hipertenso, la sistólica se le disparó a 180. Su cara blanca cambió de color igual que un camaleón. Él ya algo sospechaba, y pensó: *¿Y tú, qué?... ¿seguro que me mientes? Lo que pasa que a tí nadie te quiere.* Pero como le interesaba el tema del desarrollo humano –formaba parte de su especialidad-, lo dejó nomás que siguiera hablando.

"*¡Oh, carrrambas!* ... ¿hábleme un poco sobre el personal?", dijo.

"¡Uuuuy, Profesor! ... con ellos tiene que tener mucha paciencia y cuidado. Todos son unas ratas, los más pendejos son los supervisores, unos hipócritas de primera, *chupamedias* todos. Ya le contará todo el señor Wolf, él es buena gente. ¡Ah!, pero eso sí, no confíe mucho en lo que le diga el señor *Horn*, ese, con tal de no perder sus comodidades, es capaz de vender su alma al diablo. Usted disculpe, no es que tenga algo contra los alemanes, pero el señor *Horn*, lo único que le interesa es la buena vida y poca vergüenza, se acriolló rápido, vive como un rey en una mansión en las *Casuarinas*. Mire usted, es el más tramoyista de todos."

"¿Así? ... ¿tan malo es?", escuchaba detenidamente Otto. Cruzó los brazos, acomodó sus lentes de miope. Se hacía el interesado.

"Ya no le diré nada más, Profesor. Usted mismo se dará cuenta. Pero le advierto, su trabajo no va ser fácil. *Beta Peruana S.A.*, es como la inhóspita selva *Amazónica*: hay que cuidarse de las víboras y animales salvajes que andan por allí. Éstos conchasumadres no respetan a nadie. Y cuidadito nomás con las secretarias, gringo que viene, se lo devoran vivo. Casi a todas les pica los dos huecos, les gusta la pinga por adelante y atrás, y de postre, a que las inviten a los restaurantes más caros de Lima." Se comportaba de una forma insolente, malcriada.

"Pin-ga, pin-ga", repetía Otto a cada rato. Otra palabra nueva que tenía que memorizar para su léxico de lisuras en castellano.

"Pero, por favor, no se lo diga a nadie, esto queda entre nosotros nomás.", le confesaba el chofer en voz baja. Estiró su frente. "Es que usted me cae muy simpático, Profesor Otto, por eso que le confieso estas cosas, estoy para servirlo siempre." Quería adularlo. Sabía que sus días en la oficina estaban contados.

Y Otto que lo escuchaba escéptico, porque sabía que mentía, y se preguntaba consternado: *¿Para servirlo?... a ti más bien te patina la cabeza. Ya verás lo que le voy a decir a tu jefe.* No podía ni quería comprender su actitud tan dejada y encima chismoso.

Se encontraban en el último cruce antes de llegar a la calle *Flores* —donde estaba el apartamento. Y apareció de pronto una mancha de mendigos y gente lisiada: mancos, macheteados, minusválidos, enfermos que se arrastraban por el piso, algunos se hacían los cojos con tubos incrustados en la rodilla; se acercaban a los carros para pedir dinero, mostrando orgullosos sus esparadrapos pegados que parecían heridas sangrantes y gangrenadas (era su capital de trabajo). A Otto se le acercó de sorpresa un ciego, movía los ojos raros, en círculo, como si presintiera todo. Estiró su mano mugrienta, toda llena de bacterias, le palpaba la cara, contorneaba su cabeza grande con poco pelo, y le dijo despacito, sin que lo escuchara: "Hmm, ¿con que eres cabezón, no? ... peloncito, peloncito", le tomaba el pelo a Otto, se aguantaba para no reír. Le hablaba en diminutivo: "Una limosnita por Diosito. Dame, pues, alguito por Jesucito que murió en la crucecita." Era católico. Sus manos sucias, llenas de verrugas, apestaban a pila de gato. Otto se limpió la cara con asco. Lo habían agarrado desprevenido, y exclamó:

"¡Aj, qué asco!, ¡fui, fui! ... ¡fue*rrr*a, fue*rrr*a!", daba zarpadas con la mano.

Y con tal de deshacerse rápido de él, le dio un billete de cinco dólares. El ciego cogió el dinero con mala gracia y le dijo amargo:

"¡Qué, nada más!" En ese momento la luz del semáforo cambió de color, y le gritó con odio "¡Ya avanza, conchatumadre, que estás en verde! ¡Cabezón desgraciado!" Se había hecho el ciego.

Cruzaron la intersección y por fin llegaron a la calle *Flores* donde estaba su apartamento.

"Listo, Profesor, ya llegamos. Está usted servido. Y no se preocupe, si usted gusta, el lunes paso por usted a las ocho para llevarlo a la oficina", le dijo. Bajó del carro para ayudarlo con las maletas. Le convenía tenerlo de su lado. Pero Otto se había dado cuenta y, antes que le extendiera la mano para despedirse, le dijo previniéndole:

"¡No, por favor! ... Tomaré mejor un taxi, y no se preocupe, Wili, que yo mismo hablaré con el señor Wolf."

"Ah, bueno, pues, como usted quiera ... Qué tenga un buen día." Levantó resignado su gorra, como presintiendo también su futuro, le hizo una genuflexión, fingió una sonrisa, y se retiró indiferente como siempre.

Una vez ya instalado Otto en su apartamento, siempre metódico en sus cosas, hizo un inventario de todo lo que había sucedido en el trayecto; y se acostó muy confundido, no podía conciliar el sueño. Tuvo pesadillas toda la noche. Se levantó, se calentó una manzanilla con un tranquilizante homeopático, regresó al dormitorio, se sentó al borde de la cama y reflexionó esperanzado: *Pero por fin llegué, ya mañana será un mejor día.*

Pasaron los días, semanas, meses y años, y a Wili por supuesto que lo botaron por negligente e irresponsable, y a Otto, le nombraron gerente general de *Beta Peruana SA,* se casó con su secretaria, tuvo trillizos y se quedó a vivir feliz en el Perú para siempre. Menos mal que ese día, camino al apartamento, había sido solo una pequeña vivencia desagradable, en ese gran camino que le deparaba el futuro, con sus cosas buenas y malas.

El expresionista

Momo, quien así firmaba en sus lienzos, se había hecho famoso con su cuadro *"Violación".* Por el contenido depravado y repugnante de la obra, algunos críticos del arte especulaban que para dibujar algo así, tendría que haber violado primero a una mujer. Ese día el excéntrico expresionista iba a rebelar el gran secreto de su éxito ante un concurrido auditorio de jóvenes estudiantes de la Escuela de Bellas Artes. Entre el público se encontraban renombrados pintores, escultores, personalidades del teatro y de la literatura. Las obras de *Momo* se caracterizaban por la viveza de los colores y el predominio de los trazos violentos y agresivos. En la sala de la escuela no cabía ni un alfiler. En el centro se encontraba sentado *Momo,* vestido con una bata de tela gruesa color rojo intenso –así se vestía siempre-, y junto a él, una mesa donde estaba una cartulina blanca de un metro y medio de largo por uno de ancho, un pincel de brocha gruesa y unos cuantos frascos de pinturas de óleo. Las cámaras de televisión apuntaban a su cuerpo, y los periodistas de prensa y moderadores de radio se aglutinaban, escogiendo el mejor ángulo para seguir el evento.

"¡Gracias, gracias, muchas gracias por haber venido!", decía Momo conmovido, alzando los brazos; el público aplaudía eufóricamente.

Su aspecto era desordenado, sucio, con un pelo canoso empastado, denso, que le acariciaban los hombros, y con un cuerpo, flaco y ahuesado.

"No he venido a hablar sobre la *"Violación"*, ese cuadro que ustedes todos conocen...", movía las manos tratando de acallar los aplausos; la gente se paraba para ovacionarlo "... sino para rebelarles los secretos de mi estilo al que yo considero único, auténtico, puro, porque me nace de adentro, del subconsciente, y que yo llamo: *el Expresionismo Exhibicionista*. Así es mis queridos amantes del arte, futuros artistas de la pintura creativa, les enseñaré cómo pintar con nuevos recursos hasta ahora desconocidos en el mundo del arte y que alimentará su inspiración para futuras obras."

Todos seguían parados, celebrando, aplaudiendo sus palabras. Algunos no podían creer que fuese el mismo *Momo* de carne y hueso, el maestro de los maestros del expresionismo contemporáneo, quien les estaba hablando. El organizador y coordinador general del evento inflaba pecho, orgulloso por haber logrado por fin, después de dos años de insistencia que tan distinguida personalidad accediera a venir.

Momo se acomodó bien en su asiento, cogió el micrófono y sonriéndo al público continuó con la ponencia:

"El artista que no contribuye a inspirar a otros no es ni puede ser nunca un artista. En eso consiste justamente mi tesis. El expresionismo para que sea visto como tal, hay que primero vivirlo, sentirlo, desearlo, solo así se puede plasmar en un lienzo la subjetividad de lo esencial. Dicho en otras palabras: para yo poder transmitir la sensación de hambre, hay primero que sentirla, para reír primero que alegrarse, para gozar primero que satisfacerse. Actuar, señores, actuar en la realidad, en eso descansa la base del expresionismo. Aparte del *cubismo* y *fauvismo*, me atrevería a decirles que siento una especial predilección por el arte primitivo, con su expresión de fuerza y vida y las formas simples. No en vano digo que *Klee* —uno de los grandes exponentes de esa corriente, a comienzos del siglo XX-, trató de captar el sentido creativo de la naturaleza usando la óptica de los contrastes simultáneos, al mismo tiempo que fue el primer artista que se adentró en los dominios del inconsciente que *Freund* y *Jung* divulgaban por ese entonces."

En la primera fila se escuchaba que el Director de la Escuela de Bellas Artes le susurraba algo a su esposa en el oído. Algunos artistas y pintores acreditados se miraban entre ellos, muy interesados, intercambiando en silencio sus puntos de vista y tomando nota.

"Cuando transmito un sentimiento o emoción por intermedio de la pintura, antes tengo que experimentarlo, actuar corporalmente, para luego evocarlo con más fuerza en el óleo. Es mi espíritu que se nutre con el acto físico y que se transforma en una fuerza subjetiva dentro de mi cuerpo, que me impulsa luego a moldear esas imágenes. Y por favor, tampoco es mi intención menospreciar a los grandes artistas del grupo *"El Jinete Azul"* y del *"El Puente"*, todos genios del *Expresionismo* de esa época. Yo solo trato de ser original, único, eso es todo. Para mí, el expresionismo sin exhibicionismo sería como caminar sin pies."

Conforme avanzaba el conferencista con su ponencia, el público se impacientaba. Los fotógrafos disparaban sus luces como si fueran fuegos pirotécnicos, y los periodistas escribían con puntos y comas todo lo que escuchaban y veían. Nadie, ni el propio organizador del evento sabían qué es lo que el famoso *Momo* se traía entre manos. La expectativa en el auditorio crecía y crecía.

Momo concentrado en su temática continuaba exponiendo:

"Para tener éxito en la pintura tenemos que aprender a actuar con imágenes planas como si fueran vivientes. Sí, eso es, a entregarse no solamente en alma sino en cuerpo, concentrándose más en el contenido que en la forma: El sentimiento transformado en cuerpo. El lienzo y yo pasamos a ser una unidad absoluta, indivisible, inseparable, y porqué no decirlo también disoluto, depravado, degenerado, asqueroso. A eso se le llama arte: la esencia espiritual de la realidad y purificación de los instintos. Yo amo al chancho no por el sabor de su carne, sino por lo que come y cómo lo come. La expresión natural abstracta, en una visión pura, auténtica con colores contrastados, reducidos en manchas, curvas y trazos."

Entre las paredes del salón retumbaba el eco *¡OHH-OHH-OHH!* de asombro y júbilo de los espectadores.

Ensimismado de lo que decía se levantó del asiento y sin importarle nada ni a nadie, se quitó la bata, enseñando su cuerpo esquelético desnudo. Los estudiantes que se encontraban en las primeras filas comenzaron a sentirse incómodos, susurraban entre ellos; las mujeres se tapaban los ojos con gestos de desagrado. El director de la escuela se paró y le comentaba algo al organizador del evento. Algunos artistas de renombre tosían y se movían en sus butacas como para ocultar su desconcierto. Los fotógrafos en cambio, entusiasmados por la primicia del material noticioso, se apilaban debajo del estrado disparando el gatillo de sus cámaras para tomar el mejor ángulo; y los periodistas se disputaban la noticia, llamando a sus emisoras centrales para la publicación de los primeros titulares sensacionalistas: *"MAESTRO MOMO SE DESVISTE EN PLENO AUDITORIO" "GENIO DEL ARTE CONTEMPORÁNEO SE DESNUDA EN MEDIO DE UNA CONFERENCIA" "ARTISTA ESQUIZOFRÉNICO CAUSA PÁNICO EN LA ESCUELA DE BELLAS ARTES"*

Pero como con *Momo* no era el problema, él seguía enseñando tranquilo su órgano masculino que le colgaba como una trompa hasta la rodilla, y continuaba explicando:

"Y para que vean que soy un artista que sustenta lo que dice, quiero que ahora sean testigos de mi segunda gran creación, que la llamaré: *"EXCITACIÓN"*

Se acercó desnudo como estaba a la mesa de trabajo y comenzó a pintar en la cartulina una vagina grotesca con pelos en forma de clavos y varios clítoris que parecía más una caverna de estalactitas. Mientras daba rienda suelta a su creatividad, se excitaba y el pene comenzaba a crecerle. Avanzaba y retrocedía delante del óleo, tocándose el mentón, estudiando la perfección de su obra expresionista. Trazaba pinceladas gruesas y agresivas, resaltando grotescamente los clítoris. Se estaba excitando. Dibujó un círculo negro justo en el centro de la vagina con un pequeño trazo color rojo púrpura en el fondo. Cada rasgo que dibujaba en el lienzo le estimulaba más y más: se tocaba el pene sin escrúpulos. Trazó la última línea, se volteó hacia el público y comenzó a masturbarse delante de todo el mundo, mostrando su potente pieza erecta, y les decía:

"Falta todavía el toque final, el más importante...", se masajeaba el pene con movimientos sincronizados; jugaba con él: lo lubricaba con su saliva, lo apretaba, doblaba, estiraba. "¡Ahh!... ¡Mmm!...

¡Ahh!... ¡Una vagina con siete clítoris, qué belleza de conducto!", gritaba excitado.

Mostraba orgulloso el cuadro al público y preguntaba:

"Miren por favor esta obra y díganme: ¿Qué le falta, qué le falta?", alzaba el cuadro con una mano para que lo pudieran ver mejor, y con la otra seguía masturbándose con la lengua afuera y blanqueando los ojos.

En la sala se escuchaban solo los murmullos de desagrado y desconcierto. Nadie se atrevía a contestarle. El director atónito por la impudicia y atrevimiento del conferencista, se paró y dijo indignado, gritándo en un tono enérgico:

"¡Oiga, qué le pasa!... ¡póngase la bata inmediatamente, o llamo en este momento a la policía! ¡Usted se ha vuelto loco!"

Los prominentes artistas que se encontraba en las primeras filas, para no ensuciar el honor de su reputación, se iban retirando en silencio.

Los estudiantes –la mayoría mujeres- también se retiraban en grupo, horrorizadas, murmurando: *"¡Ay qué asco, Momo se ha vuelto loco, es un depravado, cochino, cochino!"* Otros en cambio lo tomaban graciosamente y comentaban: *"Mira, pero si la tiene del tamaño de un burro" "Sigue, sigue, animalón, dispara de una vez... ¡dale, dale!" "Enséñanos Momo lo que sabes hacer."* Le silbaban, tiraban cosas, insultaban. El evento se había transformado en un caos.

Momo muy excitado y ajeno a todo, abstraído solamente en su vagina con siete clítoris, seguía ejercitando su masa eréctil y le hablaba a ese auditorio cada vez más vacío:

"Lo que ustedes están apreciando es la concretización de un sentimiento puro, transformado en un solo cuerpo hecho pintura, llamada: *"EXCITACIÓN"* ¡Ahh!... ¡Mmm!... ¡Ahh!... ¡Qué maravilla, no es acaso fabuloso!... ¡Mmmm!... ¡Ahhhh!", gemía, suspiraba, gritaba de placer.

Extendió el óleo en el piso y volvió a decirles:

"Es que no se dan cuenta que todavía falta lo más importante...", se quedaba estático, contemplando el cuadro, analizaba cada trazo.

Se posicionó a la altura del círculo negro con fondo rojo púrpura que había dibujado en el centro de la vagina, y comenzó a eyacular su semen espeso que caía como un chisguete de pintura crema encima del lienzo.

Para eso la sala se encontraba completamente vacía, se escuchaban solo los gemidos de su excitación. *Momo* extasiado, miraba las manchas pegajosas color crema que se deslizaban marcando surcos sobre el óleo todavía fresco.

"¡Perfecto, perfecto, ha sido un buen tiro!... ¡Bello, bello, bello!", repetía satisfecho. Exprimió las últimas gotas y comenzó a embarrar todo el lienzo, mezclando una sola masa de colores espesos; decía maravillado: "¡Magnífico, magnífico! Negro, rojo y crema, buen contraste, buen contraste", se sorprendía él mismo por el descubrimiento "¡Qué belleza, qué hermosura de colores, el sentimiento vital de la depuración del objeto!", decía admirado.

Cogió el cuadro y sin percatarse de que ya no había nadie, se paseaba por el estrado, enseñando su creación expresionista, gritando: *"¡EXCITACIÓN, EXCITACIÓN!"*

Todavía emocionado lo extendió encima de la mesa, se cubrió de nuevo con la bata y se quedó sentado, sonriendo a ese público que ahora eran solo butacas.

Después de años

El sol brillaba como nunca en el firmamento. Miré el reloj, todavía faltaban como quince minutos. *Qué bien, he venido a tiempo*, pensaba. Me acerqué al counter y pregunté:

"¿Señorita, el vuelo 248 de Köln?"

"Sí, señor. Su llegada está programada para las 11:35, terminal uno" Me miraba toda coqueta.

"Gracias, señorita", y le guiñé el ojo. No podía con mi genio de Don Juan seductor.

Mientras caminaba por los pasillos recordaba siempre a la niña del counter *"Caray, no está mal la chiquilla"*, murmuraba.

Ya era hora, me estaba dirigiendo a la sala de llegada de los pasajeros. Menos mal que ese día había venido poca gente. Estaba muy nervioso, ocho años que no veía a mi hijo. Recordé por un instante todo mi pasado, la conciencia se me removió: *Fui un mal padre, abandoné a mi hijo y a su madre por otra mujer, cómo pude haber hecho eso;* todo eso pasaba por mi mente; esas cosas no se olvidan. *Ahora que ya tiene 18 y es mayor de edad, ojalá que me perdone*, conjeturaba nervioso.

Oliver me había llamado de sorpresa dos días antes, quería pasar el día conmigo. Noté por el timbre de su voz que tenía también nostalgia de verme. Fue una sorpresa muy agradable, no lo podía creer: *¡Qué lindo, ojalá que podamos reconciliarnos!*, cavilaba a cada rato.

Alcé la vista donde estaba el tablero de informes de llegadas, las letritas y números que ahí aparecían se movían rápido, sonaban como cascabeles. Ahí decía: EUROWING VUELO 248, PROCEDENCIA KÖLN, LLEGADA: 11:35 AM.; y comparé rápidamente con lo que me indicaban las manecillas de mi reloj: *¡Mierda, 11:45!... hace diez minutos que el avión ha aterrizado,* grité exaltado. El corazón me latía rápido. Me paré unos quince metros delante de la puerta de salida de migraciones. Veía salir los primeros pasajeros: *¿Cómo estará, cómo será?,* me preguntaba una y otra vez. *¡Ahí está!,* exclamé: se trataba de un hombre alto y joven; pero no, me había confundido, éste era tuerto y encima feo. *Imposible, éste no puede ser mi hijo,* me consolaba. Seguía mirando a todas las direcciones. Nada, no aparecía: *¿Qué hacemos, Stephan?... ¡Calma, calma! Tengo que controlar mejor mis emociones,* me daba ánimos. Mi presión sanguínea fluía descontroladamente. Vi de lejos que apareció otro: *¡Ahora, sí, por fin, seguro que es él!* Chequeó su equipaje y cruzó el umbral de la puerta; y otra vez, nada, era un afeminado; sus familiares se le acercaron, y feliz de la vida, con movimientos amanerados y abanicándose con la mano, les decía: "Ay, que lindo, los quiero a todos, a todos, pero a todititos"; llevaba los pantalones bien pegados al cuerpo y una camisa rosada con florcitas; besaba exageradamente a toda la parentela igual como se saludan los brasileros: en la frente, a doble cachete, en las manos, en los brazos y hombros.

Estaba desesperado. Revisé de nuevo mi reloj: *¡Carajo!, ya son las doce... seguro que se desanimó, o mejor dicho lo desanimaron. Apuesto que fue su madre, porque hasta ahora no me perdona lo que le hice. ¡Mierda! ¿Por qué serán las mujeres tan rencorosas, qué culpa tiene pues el muchaho?* Y miraba descorazonado por todos lados. *¡Sí!, seguro que fue ella y toda su familia... ¡Putamadre, por qué serán así conmigo! Oliver ya no es ningún bebé, ya es hora que también decida por su cuenta.* Me puse pesimista, creo que me había ilusionado demasiado rápido. De pronto se abre de nuevo la puerta corrediza y sale un vaquero del lejano oeste, se parecía al *Llanero Solitario:* sombrero de cuero, blue jeans viejos bien pegados al cuerpo, y caídos hasta el límite de la cadera, botas desgastadas color beige que arrastraba como si le pesaran los pies. Lo que no me cuadraba era su cabellera larga, y pensé: *¿Qué raro, éste debe ser mitad blanco y mitad indio? Ahorita saca también las flechas.* Andaba con las piernas todas arqueadas, y continué con mis suposiciones: *¿seguro que también monta caballo a lomo?* Era Oliver, mi hijo.

"¡Caray, cómo has cambiado, hijo!" le dije conmocionado. Sentía una mezcla de emociones difíciles de describir. Quería llorar, gritar, saltar de la emoción, pero me contuve. Oliver me abrazó fuerte, como que si no quisiera separarse de mí. Su piel olía igual que la mía; era mi hijo, ese olor era inconfundible. Tampoco quería desprenderme de él. Lo besé eufóricamente en la mejilla y en la frente varias veces.

"¡Por fin después de años!", me dijo con palabras temblorosas. Se prendía de mis hombros, recostaba su cabeza; sus ojos comenzaban a humedecerse.

Mientras caminábamos hacia el carro, nos mirábamos siempre de reojo, investigando nuestros secretos, parecidos y diferencias. Hablábamos poco, nos observábamos. No sabía qué decirle, cómo comportarme, me faltaban las palabras. Cuando entramos al carro nos relajamos un poco.

"Díme una cosa... ¿de dónde has sacado esos aretes?", le dije en tono irónico.

"¡Caramba, tú también!... igual que mi mamá. Déjame, es la moda", se incomodó un poco, pero él sabía que lo decía en broma.

"Está bien, está bien", le di una palmadita de consuelo en el hombro. "Pensándolo bien, te ves lindo, precioso, *rico papá*", apreté sus cachetes. No podía con mi genio jocoso.

"Ya, ya, déjame, hombre, que ya no soy un niño", esquivaba mi mano.

"Sí, verdad, tienes razón, es que han pasado tantos años... discúlpame, Oliver."

Nos reímos. Me examinaba desde los pies hasta la cabeza; se

comparaba.

"¿Oye, pensándolo bien, no te veo tan mal? Tus canas te caen bien. La verdad que me había imaginado algo más viejo. Esteee... tú ya sabes, eso de las arrugas, ¿me comprendes?" Se rió. Su sonrisa era fresca, pura, de un adolescente lleno de energía.

"Gracias, gracias, hijo por el piropo. Pero, eso es lo que tú crees, así como me ves, estoy más frágil que una porcelana china."

"¿Por qué?... ¿qué tienes?", se sorprendió, no me creía. Tenía los mismo gestos que yo: esa boca chica con labios delgados, ojos azules claro, los rulos de su pelo, la voz ronca, y su forma irónica de expresarse.

"Estoy jodido, pues, tengo una artrosis en la columna que me friega siempre."

"Ah, ya, verdad, me había olvidado, eres diez años mayor que mi mamá... ¿Cincuenta, no?"

"Ya no te pases, no me subas los años, tengo 47. O qué cosa crees... éste pechito todavía da para rato."

"Hmm... ¿sí, sí?", juntó los labios, hizo una mueca de desconfiado. "Bueno, son solo tres añitos menos, mejor admítelo, ya estás viejito... Ja-ja-ja." Soltó una carcajada y me pellizcó la pierna.

Tenía la misma ironía que yo, pero me gustaba. *No hay nada que hacer, éste es mi hijo por donde lo vea*, pensaba orgulloso.

Era un buen día, teníamos buen ánimo. Prendí la radio. Tocaban una salsa del grupo cubano *Buenavista*.

"¡Deja, ahí!... ¡es buenísima! ¡Sube, sube, el volumen!" Movía su cabeza amarrándose la melena de indio Kimosavi; se encontraba todo *In*. "¡Oye... ésa, la bailaba en Lima a cada rato!"

Los oídos me dolían por la bulla. Tenía que aguantar, no estaba acostumbrado a tanta euforia. Le apasionaba la salsa y los ritmos afro-caribeños. Seguía el compás de la percusión golpeando el tablero del carro con los dedos.

"¡Pucha, que *es geil*! ¿Sabías que me voy a comprar también una batería? Mi tío Pepe ya me prometió su sótano. Será lo máximo, lo equiparé a todo dar... ¡ya verás, ya verás! ", me insinuaba contento. Volvió a acomodarse la cola de caballo. La tenía casi a la altura de los hombros.

"Ah, que bien, hijo, te felicito. Me resultaste todo un roquero." Y recordaba cuando yo era joven y de los estruendos que hacía con las ollas y cacerolas en la cocina, siguiendo los ritmos del gran Carlos Santana.

"¡Sí, sí!", decía y seguía golpeando entusiasmado. La canción tenía un ritmo pegajoso.

"Suave, suave, no tan fuerte que me vas a destrozar el carro", le advertía. Él era también alto y fuerte "Así, mira...", y comencé a seguirlo con la música tocando decentemente el timón, deslizaba mis dedos con delicadeza. "Para seguir el compás tienes que mover los dedos con arte, suavecito nomás."

Quería que se tranquilizara un poco y empezara de una vez a contarme algo de su vida, qué hacía, qué planes tenía.

"Bueno, bueno, ya está bien... ¿ahora cuéntame pues algo de tu vida?"

Bajé el volumen.

"¡Ya, pueee...!" se exaltó. Volvió a subirlo. Se movía como un indio en pie de guerra.

No me quedó otra que aguantarlo, después de todo no era más que un adolescente. Estaba totalmente cambiado, más abierto. A pesar de tener esa pinta de vaquero con sombrero y aretes, me gustaba. Se estaba haciendo hombre, independiente, sin la influencia y engreimientos de su madre. Vivía en Colonia con su tío (el hermano de su madre) desde hace algo más de un año. Ya se creía un alemán. Hablaba bien el idioma, al menos se defendía con las canciones.

"¿Y?... ¿te gusta Alemania?"

"¡*Geil*... es *cool*! Nadie te dice nada... *das ist Leben mein Freund*.", me contestó con su jerga en alemán.

Empezamos a tomar confianza.

"Veo que estás con enamorada, bandido." Tenía colgada en el

brazo derecho una pulsera de plata grabada con el nombre de *Cintia*.

Sonrió como niño travieso. Miraba la pulsera y la palpaba con cariño.

"Esteee... sí, se llama Cintia, ¿por qué, ah?"

"Qué bien, muchacho... ¡vamos progresando, vamos progresando!", lo halagaba. Se me venía a la mente los recuerdos de cuando era adolescente y de las enamoradas que tuve cuando tenía esa edad.

"¿Y qué fue de la que tenías en Lima*?*", le volví a preguntar.

"¿Cuál de todas?... Je-je-je" Inflaba el pecho orgulloso. Tenía su percha, era un muchacho bien plantado, atraía a las chicas.

"Ah, carambas, mira tú, ya eres todo un *playboy*.", le dije, y reflexioné: *¿Con tal qué no termine igual que yo?*

"¿Así que rompiste palitos, no?", podía leer sus pensamientos.

"Bueno, esteee... tú sabes pues, ahí en Lima, con mi mamá, no se puede hacer nada, ella es muy estricta, ¿me comprendes, no?", me miraba con ojos pícaros, delatadores.

"¿Y la vecina con trencitas rubias que tanto te gustaba en tu barrio de San Antonio?"

Éramos tan similares que parecíamos clonados; teníamos hasta los mismos gustos.

"Oye... ¿es un interrogatorio, o qué?", se alteró un poco. Respiró profundamente, miró a la calle, y queriendo cambiar de tema me soltó algo de política: "¿Por quién has votado en las elecciones?"

"Por nadie, hijo, por nadie. A los políticos no hay que creerles nada. Te ofrecen el oro y el moro, y a las espaldas te roban que da miedo. Fíjate nomás lo que está sucediendo en el Perú. Aquí es igual."

"Ah, ya, tienes razón. Pero yo de todas maneras voté por los rojos, quiero decir *el SPD*." Se hacía el entendido.

"¡Qué!... ¿No me digas que votaste por los social-demócratas? Ay, hijo, tienes que aprender todavía mucho, seguro que fue tu tío Pepe quien te convenció. Lo único que hacen es hablar bonito, son unas marionetas, unos títeres comandados por los grandes empresarios y hombres de mucho dinero. ¿Me entiendes?"

"Ajá... interesante, interesante", y no le dio más importancia al asunto. Se quedó callado.

Yo quería que cambiara de tema y le dije:

"Ya no seas vivo, pues, no me desvíes la conversación", lo miraba de reojo "¿Anda, Oliver, háblame mejor de Cintia, tu nueva enamorada, sí?"

Él quería fumar.

"¿Puedo...?" Sacó un cigarrillo de la cajetilla y se lo puso en la boca.

"¡Qué!... ¿fumas?" No lo podía creer, pero me acorde que yo también había hecho lo mismo, y peor aún, porque había empezado con el vicio a los 16 años. "No, hijo, en el carro no, aguántate mejor para cuando lleguemos. Felizmente dejé ese vicio hace dos años."

"¿Qué, tú?... ¡No jodas!", dejó su timidez a un lado y comenzó a tratarme de igual a igual. Se había sorprendido por la noticia. "¿Cómo así?, si yo me acuerdo que fumabas *Premier*. Eran fuertísimos, una patada a los pulmones. Creo que le dabas dos cajetillas diarias, o algo así, ¿verdad?"

"Sí, es cierto, pero ahora me siento mucho mejor. Deja mejor ese vicio."

"¡Noooo... ni cagando! Además, yo no fumo como lo has hecho tú. Yo le doy a lo más cinco diarios con diez pitaditas cada uno. Es lo máximo, te sientes *super cool*."

"¿Cinco diarios?... Eso es suficiente para morirte el próximo año, pues, hijo", le quité el cigarrillo de la boca. "Toma, te doy mejor un chicle."

"Bueno, pues... gracias", aceptó algo incómodo y comenzó a masticarlo con desgano.

"Ya está bien, ahora háblame de Cintia de una vez y no te hagas el loco, ¿sí?"

"Ajá..."

Seguía masticando el chicle como un rumiante; hacía un ruido desagradable con la boca. Quería hacerse de rogar.

"Qué es eso de *Ajá*... ¿háblame pues bonito? Y cierra mejor esa boca para masticar que se te va entrar una mosca. Anda, pues, suéltala de una vez.", bromeaba con él; lo codeaba, le pellizcaba el antebrazo.

Mientras más hablábamos, me daba cuenta de que teníamos muchas cosas en común: su forma de ser, su manera de pensar. Sobre todo cuando le nombraba los asuntos de mujeres, ¡cómo le brillaban los ojos!

"Esteee... ¿te refieres a Cintia?", se hacía el desentendido.

"Sí, eso mismo, tu chica, tu enamorada, Cintia."

"¡Ahhh, ella!... es buenísima gente. Yo la quiero mucho", me confesó por fin. Por sus gestos daba la impresión de estar enamorado, al menos así me lo imaginaba.

"Ah, qué bien, muchacho. Así que te han seducido con amor, tu corazoncito hace PUM-PUM. Cuídala entonces mucho, regálale siempre sus chócolatitos con cariñito, mímala de vez cuando. Tú ya sabes, a las mujeres hay que tratarlas como pétalos de rosas, son muy delicadas... Je-je-je", le aconsejaba, riéndome.

"¿Y, tú?... ¿Mira quién habla, pues?, si tú has sido terrible, lo sé todo, mi mami me lo contó un día." Enderezó el tronco y se miró el arete con el espejo que tenía guardado en la guantera. Masticaba el chicle con más firmeza.

"Sí pues, hijo, lamento darte la razón, me comporté un poco mal, pero eso ya paso, ahora soy otro. Desde que me casé con Brigitte, hace tres años, te juro que maduré mucho."

Oliver se había quedado pensativo.

"¿Dijiste un poco?... Fuiste en verdad muy malo con mi mamá, pero tienes razón, eso ya pasó. Borrón y cuenta nueva, ¿sí?", me extendió la mano y apretó fuerte.

A mí se me salían las lágrimas de la impresión: tenía miedo que de repente se molestara o se resintiera conmigo. Me gustó mucho su reacción, porque a partir de ese momento noté que ya no era ningún niño sino un hombre hecho y derecho. Me sentía orgulloso de él.

Ese mismo día le invité a pasear por Dresden. Se había quedado muy impresionado por las construcciones antiguas y la arquitectura peculiar de las casas. La mezcla de lo antiguo con lo moderno le fascinaba. Luego bordeamos un tramo a pie por la orilla del río *Elba*, con sus barcos tradicionales a vapor y esa brisa inconfundible con olor a humedad. En la noche deambulamos por la *Luisenstrasse*, una calle muy concurrida de Pubs y restaurantes hasta por altas horas de la noche. Se alegró mucho, le gustaba los ambientes bohemios. Oliver y yo nos sentíamos muy bien, felices, teníamos tantas cosas qué contarnos. Aprendió a aceptarme tal como era y yo a él. Lo trataba como si fuera su amigo de siempre, su *brother*, y creo que así me veía también él. A pesar de los ocho años transcurridos, noté que ese vínculo padre-hijo todavía estaba latente; era como si nada hubiera pasado entre nosotros. Fue un día inolvidable, intensamente vivimos solo el momento, disfrutándolo. Y me decía: *Qué bonito sería si todos los días fuesen así.*

Al día siguiente en la tarde aproveché para que conociera a Mónica –la hija de mi esposa–, y Benny su enamorado; vivían juntos en un pequeño departamento en el centro de la ciudad. Lástima que Brigitte, mi mujer, tuvo que viajar unos días antes por el trabajo –seguro que se hubiera alegrado. Ellos se habían quedado encantados. Y yo que ya no cabía en mi pellejo, les decía orgulloso: "Ése es mi hijo... ¿es igualito a mí, no?"

Entre nosotros había química. Tomamos muchas fotos, reímos y comimos un rico lunch. Quería que el tiempo se detuviera, pero ya era hora, Oliver tenía que regresar donde su tío. El maldito tiempo había pasado volando. Ya en el aeropuerto, antes de entrar a la sala de embarque, nos abrazamos fuerte, y le dije:

"Hijo mío, perdóname por todo lo que sucedió en el pasado, sí. Te quiero mucho."

Él me miró fijamente a los ojos, como queriendo llorar, me envolvió con sus brazos; podía sentirle hasta las pulsaciones de su corazón, y me respondió emocionado:

"Yo también a ti."

Chancha, mi querida *Chancha*

Con qué fervor y devoción alimentaba a su *Chancha*, la cuidaba y protegía como si fuera el tesoro de su vida. Trabajaba horas interminables solamente para ver, palpar, sentir cómo esa alcancía de barro cocido de 75 cm de alto, cincuenta de ancho, y noventa de largo, moldeada en forma de porcino, aumentaba y aumentaba de valor. La gente decía que la avaricia lo estaba desequilibrando. Casi todo lo que ganaba como gerente de una gran distribuidora –el honorario de ejecutivo, las comisiones de ventas, campañas especiales de promoción, extras aquí y allá, hasta lo que le sobraba de viáticos y gastos de representación, lo reunía, iba al banco y pedía al cajero:

"Joven, cámbieme por favor todo esto en efectivo." Sacaba de su bolsillo un papelito para dictarle cómo debía dárselo: "...doscientos billetes de 100, ciento cincuenta de 50, y de este otro, cámbiemelo en treinta de 20 y el resto en 10 y 5. Lo que sobra, en monedas de cincuenta y veinticinco centavos y por favor póngalo todo en esta bolsa de tela, okey. ¡Ah, casi me olvido!... procure que los billetes sean nuevos."

Se quedaba observando ansioso, frotándose las manos, viendo cómo el joven cajero humedecía sus dedos con saliva para proceder a contar los billetes uno por uno. Luego, como si no fuera suficiente, desconfiando siempre del prójimo, Money Geldmacher con sus ojos avispados de hombre ducho en la materia de dinero, volvía a recontar todo sus miles, mirando a los costados por si alguien lo observaba: pasaba una línea amarilla fosforescente a los numeritos de los billetes; revisaba con una lupa sus hilitos y códigos secretos; raspaba los relieves con la uña de tenaza del dedo meñique derecho –la dejaba crecer especialmente para tal fin; comprobaba su consistencia, los estiraba, los arrugaba; el mismo procedimiento seguía con cada unidad. Habían días que se demoraba toda una mañana, otros un día entero. Era toda una ceremonia. El personal del banco cambiaba de turno, y él, seguía allí, inmóvil como una estatua, frente al cajero –tenían que abrir especialmente otra caseta para atender al público que le gritaba carajos y mierdas; él les decía riéndose rápidamente porque la concentración no le permitía ni pestañar:

"Más vale prevenir que lamentar... Je-je-je"

Así era Money Geldmacher, un digno procurador de su propio peculio, ejemplo de economía y ahorro, sí a la ganancia y no al gasto; siempre cuidando sus intereses. La adoración a la moneda circulante había heredado de su padre, un judío amante del antiguo testamento: que había trabajado como jefe del departamento de emisión de moneda del Banco Central de Reserva, y era muy aficionado a la numismática. La madre, una suiza nacida en Zürich, hija de un banquero, le enseñó desde que él era aún un bebé en pañales a rezar con devoción a la santísima *Virgen del Puño*.

Él era un hombre bajo y delgado, no pasaba el metro sesenta de estatura –ahorrativo hasta en su contextura corporal. Entraba casi todos los días a la agencia bancaria, equipado con bolsas y ligas de diferentes colores: la roja para los billetes de 100, la amarilla para los de 50, y la azul para los de 20 para bajo. Las monedas metía en una bolsa grande de yute bien forrada y reforzada. El sencillo que le sobraba lo usaba por lo general para cubrir sus gastos de manutención como comer, vestirse y comprar una que otra pequeñez. Procedimiento que repetía metódicamente casi todos los días de su vida.

Los empleados del banco se sorprendían por su actitud, algunos hasta se burlaban de él. No entendían cómo un hombre tan importante y con tanta fortuna, pudiera recoger el dinero en bolsas, sin guardaespaldas ni seguridad. Ni siquiera le interesaba abrir una cuenta de ahorros, invertir en bienes inmuebles, tener un fondo de acciones, o hacer negocios en algo que le pudiera dar utilidades y así multiplicar sus ganancias. ¡No, por favor!... nada de eso, él no era como aquellos que les gustaba divertirse, pasarse la gran vida en una isla en Miami, manejar Ferrari rojos, tener una casa de invierno en Suiza, otra de verano en el Caribe, festejar el año nuevo en Mónaco y el carnaval en Río de Janeiro. No, eso sí que no, el señor Money Geldmacher no era derrochador, de ninguna manera, dinero sí y mucho, pero solo para su *Chancha*, su querida *Chancha*: disfrutaba cada billete o moneda que introducía en esa ranura de 6 cm de largo y cinco milímetros de ancho, que tenía en la espalda. Cómo se deleitaba con el ruido metálico *TIN-TIN* que producían las monedas cuando caían en el fondo de su barriguita; era como escuchar la *Heroica de Beethoven* –tenaz, audaz. En una vitrina de vidrio tenía una colección de todas las monedas del mundo que había heredado de su padre, guardaba hasta las más raras: el *Rublo* de Armenia, el *Guaraní* de Paraguay, el *Manat* de Azerbaiyán, el *Birr* de Etiopía; y en las paredes, en vez de colgar cuadros de paisajes o pinturas contemporáneas, sacaba fotocopias de los billetes, las ampliaba y las colocaba en las paredes. Para él la moneda circulante era la mejor obra de arte, difícilmente de imitar, con trazos perfectamente impresos, de tonalidades verdes, sellos de agua y retratos infalsificables de personas célebres que habían hecho historia en la economía; con jeroglífico artísticamente diseñados y secretos indescifrables.

Sus ahorros eran sagrados, intocables. A pesar de tener todas las posibilidades para vivir cómodamente, pudiéndose comprar de todo, prefería imaginar lo que podría hacer más tarde con lo que tenía guardado, viviendo el presente con una rigurosa y absoluta abstinencia. Sentir, palpar la cualidad material, portátil, divisible, duradera del dinero, era como una droga que le permitía seguir andando por ese sendero que él llamaba: *la felicidad asegurada*.

Para Money Geldmacher, el presenta significaba solo trabajo, mucho trabajo con abstinencia y sacrificio. A menudo hablaba con su *Chancha* como si fuera un ser viviente:

"Mi *Chancha*, mi querida *Chancha*, cómo te quiero."

Antes de acostarse, se persignaba delante de ella y le rezaba, implorándole como si fuera una Diosa:

"Chanchita de mi corazón... ¿tú me asegurarás el futuro, no? Porque tú eres la razón de mi vida, la causa de mi existencia, cómo te quiero chanchita mía. ¡Dinero, OH, dinero, qué todo lo haces y todo lo puedes!... Qué haría sin ti, gracias, gracias por darme la seguridad de un mañana feliz. *Chancha*, mi adorada *Chancha*, ya verás que un día de estos, cuando estés bien gordita y pesadita, te abriré la barriguita y se hará por fin realidad todos mis anhelos y sueños. Me compraré todo lo que quiera, sí eso es... ¡Ay, qué emoción! Pero por el momento no me dejaré inducir por la tentación del consumo derrochador, despilfarrador, nimio. ¡Aj, qué horrible!... Que la *Virgen del Puño* me proteja siempre de esa lacra. Cuidaré de ti alimentándote con devoción y cariño."

Cada vez que introducía el dinero en su *Chancha*, decía:

"Ay, cómo me gusta tocar éste de cien, es como sentir su valor fiduciario en oro", y se preguntaba: "¿Qué hubiera podido comprarme con este billete?... ¿Un CD de la clásica de oro de *Tschaikowsky*? ¿Comer unas ricas langostas en la *Costa Verde*? ¿Andar con un par de zapatos de piel de cocodrilo Armani? ¿Ir donde *Choco*, el mejor peluquero de la ciudad, para que me arregle este pelo de alambre?..."

Pasaba los dedos sobre el papel sucio con bacterias, fruto del manoseo de miles de personas.

"Cómo me gusta tu olor dulzón, pegajoso. Y ahora pasarás a ser solamente de mi propiedad... ¿Cuántos te habrán usado, cambiado, tocado? Pero felizmente ahora te quedarás aquí conmigo, y para siempre." Introducía parsimoniosamente el billete en la ranura, pegaba la cara en la cerámica; abrazaba a su *Chancha*.

"¡Qué alegría, qué satisfacción! Estás pesadita, mi *Chancha*... ¿Cuánto tendré ahora? El día en que te abra y vea todo ese precioso dinero, me deleitaré contando hasta el último centavo, uno por uno, billete por billete, moneda por moneda: los de cien por un lado, cincuenta por el otro, y así, centavito por centavito. ¿Pero... cuando llegue ese día, tendré el valor de gastarlo? Porque la verdad es que ya me acostumbré a ti, mi chanchita. Imagínate, el otro día soñé que hasta tuviste cría y pariste cinco chanchitas más, ¡qué emoción, no!" Se prendía fuerte de ella como si estuviera viva. "Hasta les puse nombres: *Franco (pensaba en el suizo), Libra (la esterlina), Dólar (el americano), Euro y Yen...* Es que no se me ocurrió otra cosa, son las monedas más fuertes del mundo. En fin, ha sido más que un sueño. A lo mejor con lo que ya tienes adentro, podré comprarme un castillo en *Valencia.* Hace poco leí en el periódico que están subastando uno. O talvez una finca a todo dar en *Arizona* ¿no sería lindo?... ¡Tendré miles, millones de dólares! ¡Qué alegría, qué alegría!."

Y así pasaban los días, los meses, los años, prometiéndose siempre lo mismo: mañana sería el día, mañana abriría la *Chancha.* A pesar de tener todo el dinero del mundo, vivía en un modesto apartamento en el centro de la ciudad –era la casa de sus padres: un edificio viejo, construido hace más de 200 años, con paredes de quincha y adobe.

Vivía solo, sin mujer ni hijos ni parientes ni amigos ni nada. Se iba al trabajo con un *VW* escarabajo del año 70 que se caía a pedazos y sin chofer –según él para evitar pagarle propinas; la gasolina y gastos de mantenimiento corrían lógicamente por cuenta de la compañía. Hace como cinco años que no le aumentaba el sueldo a su personal; les mentía diciendo:

"Ustedes son mi mejor capital, sin ustedes no sé que haría", y pensaba: *"No les aumentaré pero ni medio. Solo me interesa que me produzcan... ¡Vendan más, carajo! Porque todo, absolutamente todo lo juntaré para mi gordita, la chanchita de mi corazón... Ya verán, ya verán."*

Se ponía a revisar todos los días los balances, estados financieros, cifras de ventas, programas de compras, la competencia, los intereses de los bancos, los mercados de valores, el nivel de retorno de las inversiones, los costos de personal y gastos de oficina; dudando hasta del aire que respiraba. Le decía a su asistente Mamerto Quispe —un sumiso empleado provinciano quien le trabajaba por un mísero dólar la hora:

"Mamerto, por favor, dígale al personal que no me consuman tanto papel higiénico, ¡está claro! La industria papelera ha entrado en huelga y seguro que aumentarán el precio. ¿Ustedes vienen a trabajar o a cagar?", decía con ironía, mirando cada item de la factura que tenía que pagar. " ¡Ah, me olvidaba!... En lo que respecta al material de oficina, a partir de mañana quiero que los *memos* impresos se trabajen por ambos lados de la hoja; no se utilizarán copias ni nada por el estilo; se usará solo un lápiz por mes; y a las seis de la tarde se me retiran todos, apagando bien las luces del corredor, computadoras, impresoras y todo lo que consuma energía. Y quiero que a cambio vengan a partir de mañana siempre dos horas antes, aprovechando que estamos en verano y el sol sale a las cinco de la mañana. Al quien madruga, Dios lo ayuda, ¿o no es así?... Hay que ahorrar, Mamerto, porque solo así prosperaremos, ¿me entiendes?"

Mamerto lo miraba con cara de preocupación, pues tenía una familia que alimentar y le dijo:

"Pero señor... ¿y el aumento que me prometió?"

"¿Cuál aumento, Mamerto, cuál? Yo nunca dije eso... El aumento te lo ganarás siempre y cuando se logre pasar la cuota del 60 %, me entendiste, *capito, verstanden, understand...* ¿O en qué idioma quieres que te lo diga? Hasta cuándo te tengo que decir, que para ganar hay que primero sudar, y mucho. Nada es fácil en esta vida, ni tu propia vida, Mamerto."

Fijaba a propósito metas inalcanzables para evitar pagarles más; le bastaba con que cubrieran el punto de equilibrio, es decir: ganar más por ahorro que por productividad.

Miró el informe contable y se dio cuenta que en el primer trimestre los gastos de oficina habían aumentado en un 0,13%. Muy descontento, le enseñó el reporte al pobre Mamerto, y le dio otro sermón:

"Mire Mamerto, si usted no me soluciona de inmediato esta situación de descontrol y derroche, me olvido de usted y lo boto a la calle. ¡Qué tal atrevimiento! Casi la séptima parte de un por ciento, eso es mucho, qué barbaridad, y encima 13, el número de mala suerte. ¿Sabe usted cuánto significa eso en dinero?... ¿Tiene usted una idea de cuántas horas tendría usted que trabajar para cubrir eso?... ¡Contésteme, contésteme!"

Mamerto, temblando de miedo, no le decía nada, miraba mudo hacia otra dirección.

"Porque como usted sabe, por eso de la hiperinflación, y el impuesto que acaban de clavar al activo fijo, la única solución es AHORRAR, AHORRAR y AHORRAR. Así que ya sabe, dígales al resto: o racionalizan los gastos y se dejan de huevadas, o se me van todos a la... casi digo. Y ahora te puedes retirar."

"Sí... je-je-je-fe-fe-fe", contestó Mamerto, tartamudeado; se paró y se retiro humildemente.

Money Geldmacher satisfecho por lo que le había dicho, comenzó a pensar en su protegida, la *Chancha*:

"¡Ay, de la que me salvé! Casi me hace gastar este Mamerto 45 dólares con 28 centavos. Sacaré el dinero ahora mismo del banco antes de que éste me haga un boicot. Chanchita de mi corazón, te engordaré un poquito más. Si seguimos así, creo que pronto ya te podré abrir ¡Qué emoción, qué emoción!"

Cada vez era peor, su avaricia era tal, que se podía pasar días, semanas, comiendo solamente sopa en sobre. Un día en que se encontraba desayunando por su puesto que con la avena más barata, conversaba con su interior:

"Yo no voy a dar gusto a los supermercados, que lo único que piensan es en la rotación del producto y en los márgenes de ganancia. ¡No, ni cagando, conmigo no!... Seguiré comprando la marca "Tres por uno", a 75 centavos la bolsa; me alcanzará para dos semanas y si le echo más leche, de repente hasta tres. No me interesa eso que dicen

los nutricionistas que tiene que ser la garantizada, la biológica, la del sellito rojo y blanco, eso son más que cuentos, porque para mí, el bolsillo es el que manda. Estoy pensando seriamente en comprarme también éste pan de centeno, marca "El rendidor", a solo un dólar veinticinco el kilo... Una verdadera ganga, la mitad lo congelaría en la nevera, y ya está, tendría pan para todo un mes."

No visitaba y tampoco invitaba a nadie para evitar gastar. Prefería quedarse solo en su apartamento, leyendo los periódicos y revistas pasadas que recibía en la calle gratis. Los libros que tenía en la biblioteca, los había heredado de su madre, quien había estudiado literatura que nunca ejerció (le dio catarata en un ojo y por ahorrarse la consulta de los médicos, prefirió quedarse ciega); no tenía televisor porque según él las propagandas podían inducirle a comprar cosas que en verdad no necesitaba; cuando cocinaba o se bañaba tenía alarmas especiales que le indicaban el consumo de luz y agua; a la hora de freír carne, lo hacía solo con la del pollo y todavía de la pechuga cortadita en pedacitos, porque la de res o cerdo le hacían consumir más energía trifásica; además, cuando se calentaba un té o una sopa, prefería hacerlo con el microondas: *"Éste artefacto es mejor que una hornilla, consume la tercera parte, y además cocina rapidísimo... ¡Fabuloso, fabuloso!"* Andaba siempre con unos zapatos negros que tenían una suela que parecía la llanta de un tractor, y decía: *"Carambas, no me puedo quejar, estos zapatos duran una eternidad, a ver si aguantan un par de años más (los había comprado hace ocho años en una tienda de remate de ropa usada)"*

Para comprar algo primero indagaba minuciosamente las ofertas semanales que le llegaban por cerros en su buzón de correo. Buscaba economizar aquí y allá, examinando siempre las 3B —lo bueno, bonito y barato-, al final, se le hacía difícil decidirse por una oferta específica, porque dudaba siempre y volvía a revisar todo de nuevo: folleto por folleto, pagina por página, rubro por rubro; comparando cada articulo, precio, tachando aquí y allá; se podía pasar todo un fin de semana ocupado en eso y al final no comprar nada:

"¡No puede ser, aquí dice solo 45 %!... Que buena concha, el otro día vi el mismo producto con 46 % de descuento como oferta especial de fin de verano. ¡Qué tal insolencia! Con un punto de diferencia podría ahorrar como sesenta centavos más... ¿dónde era, dónde era?", trataba de acordarse dónde la había leído ¡Ah, no! ¡Eso sí que no!... *Para la próxima, compraré entonces el otro papel higiénico, y no me importa que raspe un poco el culo como lija... ¡Mierda, cómo no me he dado cuenta antes!"*

Corría siempre donde su *Chancha* para contarle lo que había ganado ayer, lo que ahorraría hoy, y lo que no gastaría mañana. Hasta que un día su sacrificio llegó a un limite y le juró que mañana iba a ser el gran día:

"Mi querida chanchita, ¡sorpresa, sorpresa!... ¿A que no adivinas qué cambiaré mañana en el banco? Lo tengo aquí, en mi monedero: Pochito, el vendedor de la zona B, vendió tan bien, que ayer por excepción pasamos el punto de equilibrio, y con la comisión que por supuesto no le pagué porque le mentí diciéndole que tenía que vender más, te alimentaré con este cheque de 250.000 dólares del *Banco Comercial*... ¿Cómo la vez, mi *Chancha*? Mañana por fin te abriré. ¡Qué felicidad! ¡Estoy temblando de emoción!"

La miraba emocionado, intentó cargarla.

"¡Dios mío, cómo pesas!..."

Prendió como de costumbre las velas para venerar a su efigie, pero esta vez no con las chicas —las velitas misioneras-, sino con las más grandes y que alumbraban como antorcha.

"Prenderé éstas grandes que tienen la estampita de *San Judas Tadeo* —patrono de la fortuna- y bendecidas por el padre Jerónimo, para que nos ilumine mejor para el gran día de mañana." De los nervios casi ni le salía la voz: "*Chancha*, mi querida *Chancha* ¡Por fin, por fin, después de años! Tendré tanto dinero que lo primero que haré es pasearme por toda Europa, la linda Europa: en góndola por Venecia, me subiré a la Torre de Eiffel; o a ver si de repente me enamoro de una maja, bailando flamenco con castañuelas en España... *Olé*; navegaré por el Elba, conoceré otras culturas, y comeré de todo, me empacharé de potajes y beberé buen vino. ¡Qué emoción! ¡Mi dinero, mi dinero!"

Ya era tarde, como las once de la noche y el cansancio lo estaba venciendo. Pero por la emoción de que, después de casi 45 años de ahorro sacrificado y constante, mañana diría por fin que sí al gasto, que sí a la diversión, que sí a la alegría material, decidió echarse un rato así vestido como estaba encima de la cama. Las llamas de las velas crecían y abrazaban la cerámica, igual que un sol candente. Los párpados de Money Geldmacher se hacían cada vez más pesados, y sin querer cerró los ojos y soñó que unas lenguas inmensas de fuego devoraban todo lo que había en el cuarto, y que unos hombres vestidos de rojo con cascos y mascarillas lo levantaban, y que la ceniza del dinero se mezclaba con el humo sofocante, suspendido en el ambiente en una nube densa y gris.

El amor que mata

Armin no era como los otros: de pequeño, cuando tuvo cuatro años, se le había caído una olla de agua hirviendo en la cara, que le había deformado todo su semblante; aparte de que tenía una cabeza grande y desproporcionada, con unos lentes de miope, bajo de estatura y caminaba medio encorvado. Los de la universidad le decían *Cuasi*, por la pinta de Cuasimodo que tenía. Destacaba entre los demás, no solamente por su fealdad sino porque además, era muy inteligente, el primero de su clase. A pesar de tener esas cicatrices y desfiguraciones en la cara, era un muchacho bueno, demasiado bueno, con un corazón abierto, sencillo, de sentimientos nobles. Para camuflar sus complejos, a veces se burlaba de él mismo, y decía a su madre: *"Mamá, dime una cosa: No tendrán otra cara para mí porque ya me cansé de esta... Ja, ja, ja,* y sonreía resignado.

Vivía enamorado de Katrin, una compañera de estudio de la universidad. Era una mujer bellísima: había participado en varios certámenes de belleza, y había sido elegida el año pasado Miss Universidad. Él hubiera hecho cualquier cosa con tal de conquistarla y tenerla para siempre en sus brazos. A pesar de que sabía que tenía enamorado, nunca perdía la esperanza de que ella un día se enamorara de él. Era su amor platónico, inaccesible, quimérico. Ese día sus sentimientos y pasiones habían llegado a su límite y quería declarársele de una vez y decirle lo mucho que la quería:

"¿Aló, Katrin?... ¿eres tú?...", hablaba tímidamente, no estaba seguro si era ella. Sostenía fuerte el auricular, estaba nervioso, el corazón le palpitaba. Y miraba su cara desfigurada por el espejo que estaba colgado al frente en la sala.

"Sí... ¿qué desea?", era Katrin; contestaba en forma cortante.

Andaba siempre apurada. Se tocaba el cerquillo de su pelo rubio lacio; pintaba sus uñas largas con un esmalte rojo carmín. Hernán, su enamorado, había viajado por unos días con su padre a Miami para ayudarle en su negocio que tenía de importaciones —era gente de mucho dinero. Katrin tenía que presentar un trabajo en la universidad la próxima semana y no había hecho nada, nunca le alcanzaba el tiempo. Le gustaba salir siempre con sus amigotes creídos, ricachones, a divertirse en fiestas y discotecas, exhibiéndose aquí y allá.

"Esteee... soy yo, Armin.", contestó retraído. Se tocaba las cicatrices: tenía deformaciones en el cuello, la nariz y ojos; la oreja derecha la tenía arrugada y chica como un ciruela seca. Cada vez que hablaba el labio inferior se le estiraba hasta el mentón. Odiaba su cara. Envidiaba a los otros que tenían esa piel lisa, bonita, sin defectos ni marcas de cicatrices.

"¡Ah, tú, *Cuasi*, qué sorpresa! Qué bueno que me has llamado. Tú siempre eres mi salvación", cambió el tono cortante de su voz. Mientras que le hablaba, seguía pasándose el pincelito en las uñas: "*Cuasisito*, mi amor divino, no seas malito... ¿Crees que podrías ayudarme con la separata de *Teoría del enfoque sistémico*?... Caramba, que no entiendo nada. Además, ¡maldita sea!, nunca me alcanza el tiempo. Ese Saavedra es una basura de profesor, siempre me manda a hacer esos resúmenes."

Armin nunca podía decirle que no, era tan bueno y abierto con ella que todo lo que le pedía lo hacía. Pero le incomodaba un poco, que especialmente ella —su amor platónico, la mujer de su vida- le llamara también *Cuasi*.

"Está bien que sea feo y que me parezca a ese de la película, pero... ¿me podrías llamar Armin?", le pidió tímidamente.

"Pero si todo el mundo te llama así. Tú eres mi cabezoncito, precioso e inteligente, te quiero, te quiero... Je-je-je", exageraba con sus adulaciones. Se burlaba de él.

Él aguantaba nomás. Por el amor que le tenía, le toleraba todo.

"Hmm...¿No seas pues así conmigo, sí? ¿Llámame por mi nombre?... Je-je", y se reía también por compromiso.

"Está bien, perdóname, Cuasi, esteee... quiero decir Armin, es que es la costumbre... Ji-ji-ji.", volvió a reírse.

"Gracias Katrin, así me gusta más, es que no quiero que tú me trates como los otros, eso es todo. Ah, y lo de la separata, ¡claro que te ayudaré, encantado! Sabes perfectamente que por ti haría cualquier cosa. Qué coincidencia, hoy día quería también verte... ¡Me alegro, me alegro!", decía entusiasmado "¿Te parece bien a las tres de la tarde?" Esperaba ansioso su respuesta.

"¡Qué, hoy a las tres!... Estás loco, *Cuasi*, perdón, digo Armin, imposible, no puedo", se hacía la interesante. "Es que me van a tomar unas fotos en ropa de baño para la revista *Modas 2000*. Ven mejor más tarde."

Silencio en la línea, él no contestaba, se quedaba pensativo.

"¿Pero por qué? Si quieres te acompaño, y de paso te voy explicando el capítulo tres que es el más difícil. ¿O ya se te olvidó lo que te pasó el ciclo pasado, que solo porque no estudiaste conmigo, te sacaste mala nota en un examen? De ninguna manera, Katrin, esta vez no quiero que te vuelva a suceder lo mismo. Te garantizo que conmigo te sacarás la mejor nota de la clase... ¿Qué dices, estás de acuerdo?" Armin como dominaba el curso, quería animarla de todas maneras, además, que se moría de ganas de verla.

"¡Estás loco, Armin!... Tú, acompañándome donde el fotógrafo... ¡Ay, nooo!"

"¿Y qué tiene?... ¿Cuál sería el problema? Mientras te toman las fotos, te prometo que me sentaré tranquilo en una esquina y leeré la separata, ¿sí?"

"¡Ay noooo, Armin, contigo, allí!", le decía incómoda; disimulaba su vergüenza: "No es que tenga nada contra ti, pero al fotógrafo no le gusta que vengan cuando toma sus sesiones fotográficas. Compréndeme por favor, Armin, que no es por mí, es que Tilo es muy quisquilloso en su trabajo", le mentía. Él se lo creía, y le dijo sorprendido y resignado al mismo tiempo:

"¡Qué, así es él contigo!... Bueno pues, qué se le va a hacer. Discúlpame, Katrin, que tampoco quiero perjudicarte."

"Armin, pero tampoco te pongas así, aprovecha más bien para avanzar con el resumen del capítulo tres, así tendríamos más tiempo para que me expliques los otros, okey. Te quiero, mi *Cuasisito* lindo, eres un amor. ¡Ay, qué haría sin ti!"

"Bueno, entonces haré lo que tú dices, Katrin. Vendré a las siete en punto."

"¿Siete en punto?... ¡Ay, no pues, Armin! Tú siempre tan puntual. Si quiera demórate un poquito más, aparécete mejor como a las siete y cuarto, o algo así."

"Está bien, entonces vendré a las siete y quince, y ningún minuto más. Qué pena, cómo me hubiera gustado acompañarte. Tú siempre tan linda, seguro que se te verá bellísima, no. Bueno, un beso y hasta pronto." Colgó el auricular.

Él se quedó sentado un rato en el sofá de la sala, pensando ilusionado: *"Cómo te quiero, Katrin. Estoy orgulloso de ti, te tomarán las mejores fotos, eres bellísima. Cuando vaya a tu casa y me declare, seguro que te alegrarás y me dirás también: Sí, sí, Armin, acepto, quiero ser tuya para siempre... HAAAY"* Y suspiraba, mirando por la ventana como una nube se desplazaba lentamente en el cielo azul; seguía imaginándose: *"...Y cuando a penas termine la Uni y me gane la beca a Estados Unidos, vendrás también conmigo, nos casaremos y, viviremos juntos toda la vida... ¡Te amo, Katrin, te amo!"*

Los padres de Armin eran también gente sencilla, de bajos recursos económicos. Como era su único hijo, se sentían orgullosos de él. El padre trabajaba de mecánico en una fábrica textil y la madre costurera de profesión, sacaba de vez en cuando un dinerito cosiendo o bordando ropa para otros. Armin los ayudaba dando clases particulares de matemáticas, o sino haciendo trabajos monográficos para los alumnos que cursaban las academias pre-universitarias. Su madre lo protegía mucho, sabía que él por más que aparentaba ser un muchacho alegre, despreocupado, en el fondo sufría por su apariencia. Habían días que se quedaba solito en su cuarto, escondido, sin querer salir con nadie, llorando y lamentándose por su físico. A veces hubiera preferido estar muerto.

"Armin, te escuché hablar con Katrin por teléfono... ¿Vas a salir acaso con ella?", le insinuaba la madre, preocupada. No le gustaba que saliera con esa mujer. Temía que un día sufriera una profunda caída emocional, o que se hundiera para siempre.

"Sí, mamá, hoy le diré de una vez lo que siento por ella, estoy enamorado de ella. ¡La amo, la amo, mamá!", le decía ilusionado. "Katrin es muy buena conmigo, siempre me pide que la ayude con sus tareas en la Uni." Inflaba el pecho de orgullo por ella "¿Sabías que ella saldrá en la revista de belleza *Modas 2000*? Me dijo que le van a tomar fotos. Pobrecita, ella que siempre anda toda ocupada. Por eso es que me pidió que le asistiera en el resumen de una separata que tiene que presentar la próxima semana al profesor Saavedra. Él es un desgraciado con ella, siempre le manda trabajos difíciles. Imagínate, el otro día hasta tuve que salir a defenderla, quejándome donde el secretario académico... ¡Cómo es posible, no!" Su obsesión por Katrin era tal que últimamente no podía ni conciliar bien el sueño.

"Ay, hijo si serás ingenuo", le aconsejaba la madre, acariciaba su cabeza. "Piensa un poco en ti. Esa mujer no es para ti, te está engañando, y siempre lo ha hecho. Cuándo aprenderás, hijo: Katrin es de esas mujeres que se quieren solo así mismo y punto. Eres demasiado bueno y abierto con ella, se aprovecha de ti, caes en sus brazos como una mansa paloma. Es una loba disfrazada de caperucita, un día de estos te comerá íntegro. Además, tiene enamorado, y tú lo sabes perfectamente."

"No me interesa que esté saliendo con Hernán... ¡Ese hijito de papá! Ella me quiere solo a mí, ¡lo sé, lo sé! Si sueño todos los días con ella, mamá. ¿No dicen acaso que los sueños también se hacen realidad? Tú, que lees siempre mi horóscopo, allí también aparece que para los Leones, hoy será un buen día. Entiéndeme, yo soy la única persona que le puede dar ese cariño y afecto que necesita. Ese engreído de Hernán es solo un inútil, inservible. Lo único que hace es exhibirse con los carritos que le regala su papito, cadenas de oro, apestando a colonias que parece un maricón, y nada más", defendía a Katrin incondicionalmente. "Mamá, estoy más que convencido que Katrin es la mujer de mi vida, y nadie, ni tú, mamá, podrán hacerme cambiar."

"Sí, mi hijo, pueda que tengas razón en algunas cosas, y estoy muy orgullosa de que seas así, porque sé que tú como persona vales mucho más de lo que te imaginas. Pero el dinero y las cosas materiales malogran a algunas personas, y ella, desgraciadamente es una de ellas. Y, por favor, tampoco lo tomes a mal, pero a ella le interesa solo las apariencias, no vive más que para lucirse. ¡Entiéndeme, hijo, entiéndeme!"

"¡No!... ¡no te entiendo!", contestó ofuscado, sorprendido por la crítica. "¿Y eso qué tiene? Cuando yo termine el próximo año la universidad, con mis menciones honrosas, postularé para una beca en *Harvard*, y ya verás que ganaré mucho, pero mucho dinero y le daré todo lo que ella desee. Eso a mí no me preocupa, mamá."

Comenzó acomodar los libros y apuntes que llevaría donde Katrin.

"Hijo mío, yo solo te estoy advirtiendo, porque te conozco muy bien. A mí no me puedes mentir, no quiero que sufras más adelante, eso es todo. Tú ya sabes perfectamente a que me refiero, ¿verdad?"

"Ya sabía que ibas a empezar de nuevo con eso, mamá.", le movía la cabeza algo mortificado. "¿A ver, por qué no mejor me lo dices en forma directa, ah? Dime mejor que me tienes compasión porque soy feo, grotesco, monstruoso", le invadía una mezcla de sentimientos: rabia, impotencia, autocompasión. "Crees acaso que por mi aspecto yo nunca podré tener a una mujer que me quiera y que me acepte tal como soy. ¡Dime, es eso lo que verdaderamente te preocupa! Lo que pasa es que tú eres igual que los demás, mamá, te da vergüenza mi cara chamuscada", le alzaba el tono de la voz. No le gustaba que le hablaran del tema.

"Ya, ya, hijo, cálmate un poco, no hables así con tu madre. No quiero tampoco que te pongas así conmigo..."

Ella se estaba arrepintiendo pero tenía que decírselo:

"¡Sí, sí, sí!... por eso mismo, por tu cara", se controlaba para no llorar "Y no quiero que tampoco me mal interpretes: no es que tenga vergüenza de ti, entiéndelo, ni nunca lo voy a tener porque tú eres mi hijo y te acepto tal como eres. Por el contrario, estoy muy pero muy orgullosa de ti. Lo único que pretendo es protegerte, eso es todo", le corrían unas lágrimas por la mejilla.

"¿Protegerme? ¿Hablas de protegerme? Pues estás completamente equivocada, mamá. Yo no necesito la protección de nadie. No soy ningún lisiado o minusválido, puedo caminar, pensar, comer, sentir, sí, eso mismo... ¡sentir, amar, querer! Yo estoy enamorado de Katrin, igual como lo has estado tú de mi papá hace 25 años. No me interesa tu opinión, ni la de nadie, ni tampoco te la he pedido. Convéncete, mamá, no me interesa que los demás me vean como un monstruo de las cavernas, extraterrestre, cuasimodo. Si quieres me saco también un ojo, o me pongo un cacho en la frente, de repente así me veo mejor. El hombre es como el oso, mientras más feo más hermoso, ¿sabías?"

La madre lo contemplaba con pena, sentada en la silla de su escritorio; movía la cabeza, llorando.

"Hijo, simplemente no quiero que sigas soñando, abre los ojos, tú no eres como los demás", le pasaba la mano por la cabeza con ternura "Pero no te preocupes, que tú eres y serás para mí el feo más precioso y adorado del mundo." Lo abrazaba y llenaba de besos "Son más bien las otras personas, que no conocen la bondad de tu corazón las que me preocupan en verdad: ¿Serán sinceras contigo?¿Te querrán verdaderamente? Son todas esas preguntas que pasan siempre por mi cabeza y que me atormentan, hijo mío. Quiero que también me comprendas como madre. Esa mujer no te quiere, no te engañes. Sí, es verdad, desgraciadamente tienes ese defecto físico en la cara, pero por eso mismo, Dios te compensó dándote esa inteligencia y carisma, que la verdad, son envidiables. Tu padre y yo nos sentimos más que honrados por tenerte. Hijo, tú eres demasiado bueno, aprende a ser también un poco más egoísta. Concéntrate mejor en tu futuro, en tu profesión, deja a esa mujer. Tu carrera es lo que te dará seguridad en la vida. Olvídate de ella, que viva su mundo de muñecas, como modelito, que engañe a los otros muchachos pero no a ti. No te rebajes por ella, tú vales mucho más que esa mujer de porquería."

"No te metas tú, mamá", refutó decidido Armin "Estoy enamorado de ella desde que ingresé a la universidad, forma parte de mí. La amo, la quiero, haría cualquier cosa por ella. Hoy le diré de todas maneras lo que siento. Esperé meses, años, para este día, mamá. ¡Al diablo con los demás!"

"Pero por qué tiene que ser justamente ella, hay tantas otras chicas buenas, de su casa, sencillas como tú, y no esa sofisticada, niña engreída y creída", se agarraba la frente, meneaba la cabeza, no lo podía creer. "Pero hijo, hay que ser verdaderamente ciegos para no darse cuenta que esa relación no encaja para nada. Ustedes son blanco y negro."

"¡Ah, para que veas, pues!... No dicen acaso que polos opuestos se atraen."

"Eso es lo que tú crees. Ella no piensa en ti, nunca lo ha hecho, porque sus sentimientos están con Hernán. ¡Qué ingenuo que eres!"

"¡No, no!... ¡eso no es verdad, tú mientes! Ella me quiere solo a mí, ya verás, ya verás." Se estaba poniendo nervioso.

Rebuscaba en su armario el perfume *Carolina Herrera* que había comprado para ella.

"¡Aquí está, lo encontré!", exclamó aliviado. Se acercó donde su madre y le dijo: "Mira... ¿no te gusta? ¿Por qué no me lo envuelves bonito? Es su perfume preferido, le gustará."

"Ay, hijo, tú estás loco de remate, ojalá no te metas en problemas. Yo tengo mucho miedo por ti", le arranchó la caja resignada, y le dijo: "Dame eso que te lo voy a envolver... ¿Lo quieres con papel azul o verde?"

"¡Verde, verde, mamá, el color de la esperanza!... Je-je-je", le dijo más alegre, y le dio un beso efusivo. "Gracias, mamá, sabía que íbamos a entendernos. Yo también te quiero mucho", la abrazó.

"De nada, hijo, de nada. Ay, te juro que a veces me provoca halarte de los pelos."

Mientras que envolvía el perfume, le aconsejaba qué ropa podía ponerse:

"Hijo, ponte mejor tu camisa blanca con tu chompa roja y pantalón gris. Se te verá más elegante."

Comenzó a ayudarlo con la vestimenta.

"Ella que se viste siempre a la moda, seguro que le va a gustar esta camisa con este pantalón y medias bordadas. Hazme caso, yo sé lo que te digo...", y le extendía la ropa encima de la cama.

"¡Pero mamá!... Eso ya es anticuado, medias bordadas con coquitos. ¡Qué ridículo! A ella le gusta más la ropa deportiva, casual. Mira, ésta y ésta..." Le mostraba entusiasmado unos jeans medios sucios y rotos, con huecos por todas partes, y un polo que más parecía una bata de lo ancho que le quedaba "Hay que ponerse *in*, mamá." Se miraba a cada rato en el espejo: volteaba de frente, al costado, se miraba atrás "¡Buena idea, super!... Me quedaré con este pantalón y el polo (en él decía: *MAKE IT REAL*) ¿Te gusta, mamá?" Quería causarle impresión a Katrin "Hernán también se pone esos polos vanidosos, y peor todavía. Imagínate, que en uno decía: *I'M BEAUTIFUL* Éste es más decente. A ver si de repente nos vamos a un cine, será mi noche de gala, mamá."

"Armin, si te pones eso, tú ya no eres mi hijo, eso es una vergüenza. Está bien que seamos pobres, pero eso de hacerte ahora el ridículo, es el colmo."

No había nada ni nadie en este mundo que podía hacerle cambiar de parecer. Armin estaba enamorado, muy enamorado. Todo su esfuerzo y dedicación al estudio lo hacía también por ella: se sacaba las mejores notas en la clase, excelentes trabajos monográficos, exposiciones magistrales, menciones de honor, etcétera y etcétera. Quería impresionarla para que ella le viera como su héroe, ídolo, el hombre más importante de su vida.

Terminó de arreglarse, comió algo que la madre le había preparado, y fue a buscarla.

Mientras caminaba rumbo a su casa, con el corazón lleno de ilusión, meditaba: *"Mía, hoy serás mía, lo sé. No te das cuenta que tengo sed de ti, quiero tenerte, amarte, que me estás matando, me estás matando. Katrin, por favor, dame la oportunidad para ser tuyo y que tu cuerpo se acostumbre a mi calor. Te amo, te amo."* Suspiraba, la deseaba, recordaba cada cosa que había hecho con ella.

Ella vivía en una mansión grande con piscina, cancha de tenis y con un jardín botánico precioso. La casa ocupaba casi media cuadra. Eran las siete y cinco. Prefirió venir diez minutos antes: miraba ansioso el reloj. En una mano llevaba el perfume bien envuelto en papel platina verde, junto con la separata y el resumen que le había preparado; en la otra, un bello racimo de doce rosas rojas que parecían unos geranios de lo grandes que eran.

Ya era la hora. Se paró en el centro del umbral de la puerta de entrada y tocó el timbre tímidamente. Le sudaba la mano. Nada, no contestaba. Volvió a tocar un poco más largo, y otra vez nada. Se estaba poniendo nervioso, se acomodaba el pantalón, se arreglaba la bufanda que le cubría el cuello deformado por las cicatrices de las quemaduras. Hizo el tercer intento, y por fin contestó una voz por el intercomunicador, era la empleada doméstica:

"¿Sí, quién es?"

"Esteee... Yo, Armin, ¿está Katrin?"

Esperó diez segundos que parecían una eternidad, y le volvió a contestar la empleada:

"No, no está, ha viajado por unos días a Miami donde el joven Hernán, y me ha pedido que le diga que deje nomás el resumen de la separata."

Esa fue la última vez que Armin la buscó, porque ese mismo día decidió también quitarse la vida.

Ya encontré la solución

Hace cinco año que Mario se encontraba desempleado, el teatro donde había trabajado como artista había quebrado. Su situación financiera comenzó a ir de mal en peor. Sabía perfectamente que por la difícil situación laboral que atravesaba el país, la posibilidad de que consiguiera nuevamente un trabajo era casi nula. Tenía que alimentar a tres cabezas: su mujer inválida, con una diabetes avanzada que le había malogrado una pierna; Carina, la hija mayor de catorce años, y Felipe de ocho, que sufría del *síndrome Down*. A pesar de las graves dificultades que estaban atravesando, Mario era padre y esposo ejemplar, quería a todos por igual, vivía para su familia, la amaba por sobre cualquier cosa: mantener siempre la unión y el calor familiar era su divisa.

Era domingo y se encontraban todos reunidos en el comedor, almorzando:

"¿Y?.. ¿qué tal te fue ayer en el hipódromo?", preguntó Silvana –su mujer. "¿Ganó *Santorín*?... ¿Cuánto pagó el caballo?", esperaba ansiosa una respuesta. Dejó las muletas a un lado, ajustó la prótesis de la pierna y se acomodó en la silla.

"Perdí, amor, perdí. Felizmente que no fue mucho", contestó Mario despreocupado.

Quería cambiar de tema y se dirigió a su hija:

"¿Quieres que te sirva la sopa, Carina?", acariciaba su pelo largo y lacio.

"Sí, papi, gracias,", contestó con una sonrisa.

La madre preocupada por la situación, insistía:

"¡Qué, perdiste!... ¡No puede ser, cuánto!"

"Te he dicho que no mucho. *Santorín* llegó segundo por una nariz, ganó *Fugaz*, hemos tenido mala suerte, eso es todo." No le daba importancia, y observaba a Felipe: "Fíjate mejor en Felipe, que se le está cayendo la... "

A Felipe –el hijo mongólico-, se le salía la baba: andaba siempre con la boca abierta y la lengua afuera. Miraba a su padre, y repetía con dilación: "*Poooble... Poooble... Poooble*"

Carina se avergonzaba por tener un hermano tan estúpido, y le decía:

"Oye, cuándo aprenderás... ¡cierra esa boca y mete esa lengua, carambas!", y le deletreaba la palabra correcta: "*P-o-b-r-e*, se dice, *P-o-b-r-e*, con R... ¿entiendes?"

"Toma tu sopa hijo, y no repitas mejor esa palabra", le decía la madre; lo ayudaba con la sopa.

"¿Papá... es verdad que somos pobres, muy pobres?", le insinuaba Carina "El otro día en el recreo del colegio me dijeron muerta de hambre. Los odio a todos, papi. ¿Y sabes qué le hice a Patty, la que siempre me fastidia?... Le halé de los pelos tan fuerte que le saqué un mechón. ¡Bien hecho, la odio, la odio!" Se burlaban de ella en el colegio.

Mario no le prestaba mucha atención, pensaba en otras cosas.

Felipe volvió a repetir la misma palabra:

"*Poooble... Poooble...* Ji-ji-ji", se reía torpemente. La saliva le colgaba como un hilo por el mentón; meneaba la cabeza con movimientos descoordinados. "Ji-ji-ji... *Poooble... Poooble...* Ji-ji-ji"

Silvana se contenía para no llorar. Hace días que comían solamente esa sopa. Eran tan pobres, que recolectaban los restos de verduras que sobraban en las vitrinas de los supermercados para poder preparar ese caldo. La ropa de Carina y Felipe le quedaba corta, desgastada y deshilachada, con huecos por todas partes. No podían pagar el seguro de enfermedad, y Silvana no podía hacer la fisioterapia necesaria, después de la amputación de su pierna. No les alcanzaba tampoco para comprar los medicamentos contra los espasmos neuro-musculares que a veces tenía Felipe.

"¡Ya cállate, cállate, mongo!", insultó Carina a su hermano. Arrugó la servilleta y se la tiró en la cara.

La madre bofeteó a Carina y le dijo severamente:

"¡No quiero que lo trates así! Él es tu hermano, no te das cuenta que es enfermo", le pellizcaba fuerte el brazo.

"¡Auuu, auuu, mamaaa!... ¡me hiciste doler!", comenzó a llorar; se frotaba el brazo y la mejilla golpeada. Miró a su padre para que dijera algo y la defendiera.

"Ya está bien, cálmense todos, que así no vamos a cambiar la situación.", habló por fin el jefe de la familia. Se mantenía ecuánime, tranquilo, y dijo a su mujer:

"Perdí solo 200 Soles, eso es todo. Y ahora sigan comiendo." Miró no muy entusiasmado el mismo plato que comían hace tres meses, y comenzó a almorzar. Ese día estaba misterioso, meditabundo, como poseído por una idea extraña.

"¡Dijiste 200!... ¡Te has vuelto loco, o qué!", le rebatía Silvana "¿Y ahora qué haremos? Esa era nuestra única reserva, Mario. ¿Sabes cuántos meses que no toma tu hijo esas pastillas? Míralo nomás como está... ¡Contéstame, contéstame!", exigía una solución. Ajustaba las abrazaderas de su prótesis –se le soltaban a cada rato. "¡Mierda, se me volvió a salir!... ¡Maldita sea! Esta prótesis de porquería me está destrozando el resto de pierna que aún me queda", se quejaba, maldecía.

De pura ira, desenganchó la pierna de plástico y mostraba las heridas sangrantes del muslo:

"¡Mira!... creo que se ha infectado. En las noches me late de dolor y yo nunca te digo nada para no preocuparte, pero ya no aguanto más. Te juro que a veces prefiero estar muerta", estalló en llanto, lloraba y lloraba desconsoladamente.

Felipe que imitaba todo lo que veía y escuchaba comenzó de nuevo:

"¡*Aguaaanto!* ... *Síiii*... ¡*Aguaaanto, Aguaaanto!*" Se acercó a ella para consolarla. Se tiraba cabezazos contra el filo de la mesa, una y otra vez. "¡*Aguaaanto, Aguaaanto!*... *Ji-ji-ji*... ¡*Poooble, Poooble!*", repetía descontroladamente.

"Ya ves mujer lo que estás ocasionando, estás alternando a Felipito, ¡cálmate, cálmate!", apaciguaba a Silvana.

Se pegó a Felipe para tranquilizarlo.

"Ya hijo, tranquilo, tranquilo, no te hagas más daño. Papi está contigo... ya pasó, ya pasó", le limpiaba los mocos con la servilleta; le tocaba la cabeza a ver si no se había hecho daño.

Así era Mario con su familia, cariñoso, tolerante, paciente. Procuraba evitar las discordias, siempre positivo. Pero ese día quería tomar una decisión de todas maneras, y alentaba a su mujer:

"No te preocupes cariño, que ya encontré la solución. Confía en mí, por favor."

"¿Solución?... ¿cuál solución? Siempre dices lo mismo, y nada, seguimos más pobres que nunca. Estamos perdidos.", le discutía escéptica. Ayudaba a Felipe con la cuchara; lo trataba como un bebé:

"Toma hijito, abre bien la boquita. Mmm... ¡miamm, miamm qué rica que está!" Él abrió la boca. Jugaba al avioncito con el cubierto, trataba de que comiera: "A ver... esta para tu papito...", y le metía la cuchara; hacía un ruido desagradable "... esta otra para tu mamita que tanto te quiere...", y así sucesivamente. Mientras ella le ayudaba a comer, seguía lamentándose por la situación y reprochando a su marido:

"Acaso no te das cuenta que no nos alcanza ni para el pan para el desayuno. Mira...", y le mostraba los pedazos que quedaban en la mesa: "¡Seco, como piedra!...", tiró uno al piso de puro arrebato.

"¡Hasta cuándo, Mario, hasta cuándo vamos a vivir en esta miseria!", lloraba, le suplicaba, ya ni lágrimas les salían. "Mira nomás como están nuestros hijos: necesitan ropa nueva, Carina ya es una señorita, no puede seguir andando así, carambas." Dejó caer la cuchara en el plato; salpicó la sopa "¡Qué hacemos ahora, Mario! ¡Dime, dime, que estoy desesperada! Ya nos cortaron también la luz, el agua y todo, ni el alquiler podemos pagar. Viviremos debajo del puente... ¡Qué angustia, qué angustia!", daba manotazos sobre la mesa, se golpeaba la frente.

Carina, ya más calmada, observaba a su padre como esperando también una respuesta.

"Ya les he dicho que no se preocupen, confíen en mí, que pronto terminaremos con este tormento y angustia.", les hablaba tranquilo, su mente maquinaba otras cosas. "Les pido que se tranquilicen. Especialmente, tú mujer, así toda nerviosa y alterada no vas a lograr nada. Dónde está la cordura en esta casa, por favor", y le ajustaba cariñosamente el brazo.

De pronto se paró de la mesa y comenzó a hablarles igual que un profeta –con metáforas, infundiendo mensajes metafísicos, difíciles de entender:

"Aprendan a ser el cordero de Dios, a entregarse en cuerpo y alma, con sacrificio. Para vivir hay que morir", insinuaba.

Silvana y sus hijos lo miraban, no entendían nada de lo que decía.

"La suerte del hombre descansa en la variedad y no en la igualdad. Por eso es que somos diferentes, muy diferentes, y me enorgullezco por ello. Dios nos quiere. El dinero y las cosas materiales no se han hecho para nosotros, los celestiales, aquellos que pertenecemos al paraíso sagrado." Alzaba los brazos mirando al cielo, aleteaba las manos "¡Ah, no, eso sí que no!... El dinero conduce solo a la pobreza espiritual. ¡Qué viva la vida después de la vida! ¡Qué viva el creador del universo! ¡Aleluya, aleluya, alabado sea el Señor!", proclamaba hipnotizado, mirando a un punto fijo en el techo.

Silvana entornillaba el dedo índice en la sien, y le decía:

"Creo que el hambre te ha afectado el cerebro: te estás volviendo loco, loco de remate... Pisa tierra, baja de donde estás, Mario", le movía la cabeza.

Y él en pleno trance espiritual, le contestaba:

"Nada de eso, lo que pasa que yo no soy él que tú escuchas y ves, ¿entiendes?... Es Dios, el poder supremo, que me ha iluminado. Es solo él, con su poder, quien me está conduciendo y diciendo qué es lo que debo de hacer y decir... ¡Oh, Dios mió, como te amo, mi Señor!", su mirada se trastornaba. Beso eufóricamente a su mujer en la boca; la zarandeaba ajustándole los hombros, y le decía: "Yo te amo, Silvana, igual que a Carina y Felipe, bienaventurado sea el cordero de Dios." Y los envolvía con sus brazos.

Miró a Felipe como sacaba torpemente la lengua y le dijo:

"Pobrecito mi hijo, mira lo que te han hecho", le escupió en la frente y dibujó con la saliva una pequeña cruz; apretó su cabeza con las dos manos y le dijo: "Satán te ha poseído, Felipito, mete mejor esa lengua diabólica", y le sacudía la cabeza como licuadora, lo bendecía por todo el cuerpo.

Carina sorprendida pero a la vez curiosa por lo que estaba haciendo, quería más bien darle ánimo a su madre, y le decía:

"Sí, mamá, déjalo que continúe, a lo mejor así le cura la tara a Felipe." Abrazaba a su padre, ilusionada: "No te preocupes, papá, que estoy contigo. Si quieres, mañana mismo le diré al director del colegio que te ayude, de repente te contratan como asistente del profesor de artes... ¿qué dices, papá?"

"No hace falta Carina mía, que ya Dios me ha señalado el camino: Yo soy su hijo y él mi padre. Pronto, muy pronto nos iremos de aquí, viajaremos a un lugar donde seremos felices todos", le acariciaba la cabeza tiernamente.

"¿Viajar?... ¿has dicho, viajar, papá?", repitió contenta; volteó donde su madre: "¿Has escuchado eso, Mami?... ¡Qué bonito, viajaremos, viajaremos!", se alegraba. Sus ojos brillaban de felicidad.

"*¡Boniiiitooo, boniiitooo!... ¡Vaaajaaaleeemos, vaaajaaaleeemos!*", redundaba Felipe en su idioma, estúpidamente, salpicando saliva y con la lengua que le cubría todo el labio inferior. "*¡Yupi-Yupi.. Gu-Gu!*", brincaba de júbilo.

"¿Qué tienes, Mario, que te noto muy extraño?", decía Silvana; lo notaba transformado, desconocido. "Tú estás escondiendo algo, te has metido en una secta, o qué. Creo que necesitas urgente un psiquiatra."

"No, cariño, hablo en serio: Nosotros estamos solo de paso. *Schhhhh...* ¡Escucha, escucha! ", le advertía. Cruzaba el dedo índice con los labios, miraba ido cada rincón del comedor. "¿No escuchas?... Puedo oír clarito ese martilleo metálico... *TIN-TIN... TAN-TAN... TIN-TIN... TAN-TAN* ¡Sí, eso es! ¡Es Dios que nos está llamando! *Schhhhh...* silencio, silencio." Circulaba la vista por el cuarto, la frente le sudaba, sus manos temblaban. "¿Pero no escuchas ese golpeteo, lo puedo oír clarito? Es hermoso, melodioso: *TIN-TIN... TAN-TAN... TIN-TIN... TAN-TAN.*

Se paró a medio metro de la mesa, estático, tieso como una momia.

"Puedo ver esa cruz y esos clavos grandes oxidados, puntiagudos, incrustándose en nuestras manos... ¿No es divino? Sufriremos el calvario, qué hermoso, amo el sufrimiento. Dios nos quiere, Silvana... ¡alégrate, alégrate!" Pegó su cuerpo a la pared y estiró los brazos en ángulo recto, haciendo una cruz.

"Ya deja de estar haciéndote ahora el Cristo... ¡No seas idiota, por favor!", le decía Silvana, preocupada.

Felipe se entretenía imitando a su padre:

"*Schhhhh...* Ji, ji, ji... *Schhhhh... TIN-TIN... TAN-TAN... Schhhh...*", alzaba los brazos igual que él, imitaba voces, se reía; se metía unos dedos en la boca y luego toda la mano. "*Ji-ji-ji... Schhhh-Schhhh... TIN-TIN... TAN-TAN*"

"A la gloria del gran arquitecto del universo", predicaba Mario a voz de cuello, dirigiéndose a su mujer: "Silvana, amor mío, no dudes nunca de mí palabra, que yo les salvaré del sufrimiento." Juntó las palmas de la mano, agachó la cabeza, y comenzó a rezar cosas que nadie entendía.

"¡Mario, por favor, te has vuelto loco!... ¡Despierta, despierta, que me estás dando miedo!", le llamaba la atención. "Con rezar no vas a solucionar nada. ¿Qué vamos a comer mañana?, ¿con qué vamos a alimentarnos?, ¿qué se van a vestir nuestros hijos?... ¿O te ganaste una lotería, robaste un banco, traficas drogas?... ¡Habla, pues, profeta de Dios, habla! Que ya me cansé de verte así. ¡Ver para creer, Mario!"

Carina volvió a insinuar a su madre:

"Ay, mamá, no trates así a mi papito. Acaso no te das cuenta que nos tiene una sorpresa, el tiene la solución. Ten fe en él, que ya sabrá que hacer."

"¡Qué, tú también! Te convenció con su predica. Ay hija, por favor, apúrate de una vez con la comida, que ya no aguanto más este teatro. Qué solución nos puede dar tú padre, que consiga un trabajo, eso es todo."

Y otra vez el mongólico que repetía exaltado:

"*¡Síii, síiii!... ¡tra-ba-jjjooo, tra-ba-jjjooo!...* Je, je, je", se reía; saltaba como canguro en su silla.

"Mamá, papá sería incapaz de dejarnos así", Carina confiaba en su padre. Se levantó de la silla, se pegó a él, lo llenaba de besos: "¿Verdad, papito, que no nos vas a dejar pobres? Tú eres el mejor papá del mundo. Nos mudaremos a una casa bonita, muy bonita ¿no es así? Y cuando termine el próximo año el colegio, me presentaré a la Universidad Católica para seguir Bellas Artes, igual que tú."

Silvana que creía solo en las cosas que veía, le sugería sarcásticamente a su marido:

"A ver, Mario, tú que te crees ahora el nuevo Mesías, dile pues a tu Dios que me cure, que me ponga una pierna de carne y hueso, y a Felipe, que le quite su mongolismo para siempre", sus ojos se le humedecían "Te pido por favor que dejes esa tontería. Hablo en serio, esto no es ningún juego." Estalló en un mar de llanto.

"¡Papá, papá!... ¡dile que no llore, que no llore!", le suplicaba la hija; no quería verla llorar.

"Bueno, qué tal si ahora les traigo algo para brindar. Esto hay que festejarlo." dijo Mario.

Se levantó rápido de su asiento, se fue a la cocina, llenó cuatro vasos de Coca Cola, los acomodó en una hilera, sacó de su bolsillo una bolsita con un polvo amarillo cristalino, lo roció con cuidado en los cuatro recipientes, esperó a que se disolvieran, regresó al comedor, y les dijo:

"Y ahora, brindemos por nuestra salvación y felicidad eterna."
Todos alzaron las copas y se tomaron el líquido.

Los niños no mienten

Inti, un niño de apenas diez años cumplidos, vino a pasar el día a Lima con su tía Nilda, la empleada de los patrones. Era un chico muy inteligente, despierto, talvez demasiado maduro para su edad. Era hijo de unos campesinos humildes de la provincia de Chota situada en la sierra septentrional del Perú. Los patrones, donde trabajaba su tía, eran gente de mucho dinero. El Dr. Ricardo Augusto Connor Balboa un potentado empresario y abogado de profesión, era una de las personas más influyentes y ricas del país: dueño de grandes industrias, accionista de empresas, inmobiliarias y compañías de seguros.

"Hijito ... ¿y tú quién eres?", le preguntó Doña Inés Garland de Connor, la patrona de Nilda, esposa del magnate de Lima e hija también de una familia aristocrática. Siempre bien arreglada, llena de cosméticos y maquillajes, cuidaba mucho su figura, se veía atractiva, alta, no reflejaba los cuarenta años que tenía. A pesar de eso se quejaba siempre de su salud. Según ella, sufría de presión alta y de alergias cutáneas. Los médicos nunca le encontraban nada orgánico. Los visitaba de puro aburrimiento. Y sin embargo, le daba duro a los dulces y chocolates. Decía siempre a Nilda: *"Ay hija, me gusta el chocolate porque es bueno contra la depresión."* Se comía en veinte minutos toda una caja de trufas, que le regalaba siempre el agregado cultural de la embajada Suiza, y ni siquiera dejaba un chocolatito a sus fieles servidores domésticos.

Eran las diez de la mañana de un domingo gris y lluvioso. Era la primera vez que Inti visitaba a su tía. Era el sobrino engreído de Nilda, lo adoraba como si fuera su propio hijo.

"¡Ay!, usted perdone, Doña Inés por no avisarle antes, es que es mi sobrino engreído", le dijo Nilda poniéndose roja. Miraba al suelo, avergonzada. "... ¡Perdóneme, patroncita!, es que sus padres se han ido a *Cajabamba* a ayudar a mi hermana que está muy enferma", alzó la cabeza, tenía una expresión de ruego "¿Cree usted que podría quedarse hoy día conmigo?" Le invadió el temor. Sus piernas temblaban, no quería que la patrona se incomodara por la visita."Pero le prometo que no va molestar, señora."

Inti, agarrado de la mano de Nilda, observaba las reacciones de la patrona. Desde que había llegado a esa casa de ricos, no hacía otra cosa que comparar todo con su vida en el campo, allá en su chacra en Chota. Por su madurez adelantada e inteligencia comprendía rápido las situaciones. Con sus ojos redondos y grandes, curioseaba todos los lujos que había a su alrededor. Le parecía extraño, se sentía en otro mundo. Su padre le decía siempre que cuando tuviera duda de algo, que mejor preguntara, era la mejor forma de aprender pues los pensamientos guardados podían hacer mucho daño, producía enfermedades y ponía a la gente muy nerviosa. Nilda como que se había dado cuenta, lo haló con fuerza hacia su cuerpo antes de que él hiciere una pregunta demasiado directa que pudiese también comprometerle a ella. La cabeza del niño le llegaba algo más arriba de la cintura, era pequeño, pero bien formado; Nilda tenía miedo que a la quisquillosa de su patrona no le gustara la visita y, que tuviera Inti que regresarse triste y desilusionado a su casa.

"Hmm ... bueno, bueno, Nilda, no te preocupes ... ¿Qué edad tienes, papito?", le preguntó, dirigiéndose a Inti.

Tuvo suerte porque por lo general a la patrona no le gustaban recibir a nadie los domingos. Su sonrisa era forzada, torció un poco la boca. El niño se había dado cuenta, percibía en ese momento que los sentimientos de esa mujer, toda pintada y oliendo a perfume de crema humectante, no eran sinceros; fingía felicidad, sus ojos sin brillo reflejaban aburrimiento y apatía. Inti era un niño que se daba cuenta rápido de las cosas.

Ella se agachó y le apretó suave el mentón. El niño se incomodó, no le gustaba que le tocaran la cara y menos esa bruja toda pintarrajeada. Se sonrojó, esquivó la mirada y le dio la espalda escondiendo la cara en la barriga de Nilda.

"Ji-Ji-Ji ... diez, señora, diez añitos", dijo Nilda, riéndose tímidamente. Le acariciaba la cabecita.

"Ah, qué bien. Ya eres todo un señorito, verdad ... qué bonito nombre tienes, Inti."

Y Nilda que lo forzaba para que hablara.

"Contéstale, pues, a la señora Inés, no seas tímido", le decía Nilda. De los nervios, desordenaba sus pelos trinchados con la mano. Él se había retraído, no quería ver a la señora y le habla de espalda con la cara siempre pegada al cuerpo de Nilda:

"Sí, señora... a mí también me gusta porque significa Sol, ya. Me lo puso mi mami porque cuando yo nací los iluminé ", hablaba con seguridad y convicción.

"Ja-ja-ja ... qué gracioso eres, hijito", estalló una caracajada como diciendo, *quiere hacerse el gracioso conmigo, no.*

"Y-y-y ... mi papi se llama *Atipaj* que significa vencedor, es el más fuerte y valiente de mi pueblo en *Chota*", prosiguió sin que se lo preguntara. Cruzaba los pies, miraba sus manitos, se agitaba.

"Ah, qué interesante, mira tú, de seguro que te quiere también mucho, ¿no?", y le guiñaba el ojo a la empleada.

"¡Sí!... ¡mucho, mucho! También sabe pescar trucha de río con la mano, y siembra mucha papa y trigo en la chacra", Inti estaba muy orgulloso de su padre.

"Qué bien, qué bien ... ¿y tu mamita?"

"Mi mami se llama *Tanitani*", seguía de espaldas, no quería darle la cara. Fijaba la vista al piso.

"¡Inti! ... no seas malcriado y conversa bien con la señora. Anda, pues, hijo ... ¡voltéate, voltéate!", Nilda le llamaba la atención. Y él, nada, clavaba su mirada por otro lado, entornillaba su cabeza en la barriga de Nilda.

"Ya, ya, déjalo nomás, Nilda, no te preocupes", le decía Doña Inés. "¿Y dime? ... ¿qué significa *Tonitoni*?"

Él comenzó a reírse un poco, la patrona no sabía pronunciar bien el nombre, y le corrigió, tuteándola:

"Señora ... ¿tú no sabes quechua, no? ... se dice *Tanitani*, con *a*", soltó unas risitas "Mi mami es muy linda y bella, su nombre en quechua significa: la flor de la Cordillera."

"Ahhh, mira, tú ... ¡qué bien, qué bien!", le hacía cosquillas en la espalda a ver si esta vez se volteaba.

Nilda no sabía dónde esconderse, tragaba saliva. Conocía a su sobrino, todo lo que no le gustaba lo decía abiertamente, y eso a veces incomodaba.

"¡Ay, Doña Inés! ... Usted, disculpe, es que mi sobrino tiene la mala costumbre de hablar todo lo que piensa su cabecita. Como se dice en mi tierra: habla con el corazón" Lo pellizcaba en la cintura y pegaba con fuerza su cara en su acolchada barriga. Tenía temor que dijera cualquier impertinencia. Inti no aguantó más, despegó con fuerza la cabeza del cuerpo de Nilda y soltó la pregunta comprometedora:

"¿Y usted, por qué se le ve así, ah? ... ¿cuántos años tiene?"

La patrona tosió, enderezó el tronco, trató de hacerse la desentendida. Se había incomodado un poco, y pensaba: *Ay, este chico es terrible, qué preguntas me hace.* Hasta ahora nadie se había atrevido preguntarle algo semejante, ni su propio marido que se conocían años. La empleada ya sospechaba que en cualquier momento iba a dar rienda suelta a sus impertinencias, era demasiado curioso como para aguantarse. Nilda trató de acomodar la situación:

"Ven, Inti, ayúdame mejor a preparar el desayuno para los señores en la cocina.", y lo halaba de la mano.

Doña Inés se sintió aliviada. Como mujer presuntuosa que era, quería seguir ocultando los cincuenta años que tenía.

"Sí, sí ... vayan mejor, nomás, que ya no tarda en despertarse el señor." Y dio una palmadita en el potito de Inti.

Se retiraron apresuradamente. El niño agarraba más confianza, miraba de reojo a esa mujer que caminaba por los pasillos largos e interminables de esa mansión con cuartos que parecían otras casas.

Ella y su marido vivían enclaustrados en una mansión bordeada de muros, llena de habitaciones que parecían salones, con piscina, cancha de tenis, sauna y su propia biblioteca. Ella adoraba sus lujos y propiedades. Se consideraba una *lady* de sociedad, con muchos conocidos pero ningún amigo, siempre muy preocupada sobre el qué dirán. Todo para afuera y nada para adentro. A los esposos Connor le gustaba asistir a grandes eventos y fiestas, eran socios del *Country Club de Lima*, *el Terrazas*, el *Golf los Incas*, y otras instituciones y asociaciones sociales aristocráticas de la gente adinerada de Lima. Su marido vivía solo para el trabajo y para hacer dinero, mucho dinero. Su lema era: "*a trabajar, a trabajar que el tiempo vale oro.*" Su placer más grande era demostrar a los demás que él era el más rico de Lima y que podía comprarlo todo. Según él, la alta sociedad y vinculaciones que tenía con gente adinerada, era el mejor mercado para hacer ganancias. La codicia de tener más y más dinero lo enfermaba: Había tenido dos infartos y una ulcera de dos centímetro en el estómago. Pero igual, nunca le hacía caso, nunca aparecía a casa antes de las doce de la noche; y cuando venía más temprano, era porque tenían una invitación donde uno de sus amigotes ricos: el dueño de una cadena de restaurantes, el cónsul de la embajada de España, el director de un laboratorio, el presidente de la cámara de comercio, o cualquier banquete de aniversario de una institución publica o privada. Nunca tenía tiempo para nada, ni para descansar, era un hombre que vivía estresado. El domingo, era el único día que podían estar juntos y descansar como marido y mujer, pero nunca era así porque peleaban como gato y ratón. Discutían por cualquier cosa, y preferían estar cada uno por su lado, como se dice, vivían juntos pero más separados que el ex *Muro de Berlín*. Él se encerraba en su mundo como autista: leía periódicos, revistas económicas, analizaba los informes de la bolsa de valores para ver dónde podía obtener más dinero; se bañaba solo, en su inmensa piscina temperada; jugaba solitario; o se ponía a ver fútbol en su televisor de pantalla y parlantes cuadrafónicos y, con media botella de Whisky etiqueta negra adentro; al final terminaba tan saturado que se quedaba dormido hasta el día siguiente. En cambio, Doña Inés Garland de Connor aprovechaba para revisar y controlar todas las cosas y objetos que tenía en la casa. Mientras más compraba, más infeliz se sentía, las revisaba como diez veces a ver si les encontraba un defecto. Desconfiaba hasta de las moscas que volaban por la casa. Todo tenía que inspeccionar: el juego de porcelana china; el florero de *Bali* que no se encontraba en su sitio; que si le echaron las piedrecillas hidratantes a su Bonsái; la pintura de *La maja desnuda de Goya* que tenía en el salón de huéspedes; el Buda de marfil; sus muebles de caoba importada; el polvito debajo de la mesa; el estado de sus vestidos de noche de gala, confeccionados personalmente por modistas de talla mundial; revisaba hasta el lugar donde tenía que hacer sus necesidades *Lobo* –el perro pastor alemán-, en ese inmenso jardín de cuatro mil metros cuadrados. Algo que le gustaba también hacer a la *luxus lady*, era hablar mal de sus amigos-conocidos que más bien eran sus adversarios de riqueza (¿quién tiene más? o ¿quién es la más linda de este mundo?). Criticar y compararse con los demás era su droga, le gustaba buscar siempre el ángulo imperfecto de otros.

Los patrones, a pesar de ser dueños de casi medio Lima, eran personas monótonas, insatisfechas, aburridas de la vida. Cuando se sentaban juntos los domingos en la mesa del comedor, Nilda escuchaba siempre sus griteríos y berrinches.

"*¡Catay, catay!* ... ¿Qué pasa tiíta por qué se gritan tanto?", preguntaba Inti sorprendido.

Miraba asombrado todos los aparatos eléctricos, con sus botoncitos digitales y lucecitas que titilaban en la cocina. Nilda quería preparar los huevos revueltos bien condimentados con tocino para el Dr.Connor. Él era muy exigente con la comida, le gustaba comer sazonado y con bastante grasa.

"Inti, mejor no preguntes tanto, que el Doctor se va a dar cuenta", decía Nilda. Acomodaba los ingredientes y utensilios encima de la mesa de trabajo.

"¿Doctor? ... ¿ese señor gritón, es médico?", preguntó el niño.

"No, Inti, creo que es abogado ... Y ahora toma el plato y ayúdame a batir los huevos de una vez." Inti a parte de ayudar a su padre, le gustaba también ayudar a su madre en las labores del hogar.

Afuera en el comedor, se había armado la gran bronca domingue-
ra entre los patrones. Discutían acaloradamente por cosas superfluas,
sin sentido.

"¡Ay, Diosito, Diosito! ... estos patrones que se pelean siempre.
Creo que de tanto que tienen, riñen de puro aburrimiento.", decía Nilda a Inti, moviendo la cabeza con su trenza larga.

El Doctor Connor tenía un vozarrón que retumbaba hasta la cocina. El niño mientras escuchaba como discutían, comparaba con sus
padres y comenzó a sacar sus primeras conclusiones. Batía rápido los
cinco huevos. Miraba a su tía en la otra mesa como picaba la cebolla y
la mezclaba con el tomate y le dijo:

"Tía, lo que pasa que ellos no saben ser felices. Mi papi me dijo
una vez cuando me encontró llorando solo en mi cuarto, que: *casi todas las personas son tan felices como se deciden a serlo. ¿O no es así
tía?*"

"¿No sé? ... yo ya me acostumbré, Inti ", miraba de reojo el trabajo del niño. "Ten cuidado con derramar la yema, sino la patrona me
mata, no le gusta que se ensucie el piso. Todo tiene que quedar siempre ordenado y limpio ¿entiendes?"

"Mi papi no pelea nunca con mi mami porque se quieren mucho.
De seguro que ese Doctor no quiere a esa señora, ¿no, tiíta?"

"¿De repente, Inti? No lo sé, y no seas tan impertinente, hijo"

Nilda conocía muy bien los histerismos engreídos de su patrona, y
sabía que el Doctor Connor era un patán y creído de primera. Pero por
respeto a sus patrones no decía nada.

"Mmm, tiíta ... Sí, eso es, seguro que no son felices, sino no pelea-
rían tanto", decía Inti y seguía batiendo.

"Qué cosas dices, Inticito. Lo que pasa es que ellos son personas
muy importantes, ricas, y tienen muchas cosas en que pensar, ¿entiendes?" Le dio otro plato para que vaciara y mezclara los huevos batidos
con el aderezo que había picado. Lo que le había dicho su tía no le
cuadraba, y comenzó a ordenar mejor sus ideas.

"Un día mi papi me dijo que la gente rica que vive en la ciudad,
mientras más cosas tienen más infelices se vuelven. ¿Tú también opi-
nas lo mismo, tía?"

"Pueda que tengas razón, Inticito, pero son mis patrones, y ahora cierra ese pico que te van a escuchar." Tenía miedo que la patrona la escuchara y se quedara en la calle sin trabajo "¡Apúrate, pues, hijo! ... ¡mezcla bien, mezcla bien!".

El continuaba pensando, le llamaba la atención que a pesar de tener tanto dinero y cosas bonitas en la casa, esa señora con cara pintada y el señor con voz de malo, discutieran siempre. Terminó de batir, puso el plato al filo de la mesa de trabajo de Nilda. "Ya terminé tía ... ¿Y ahora que hago?", preguntó.

"Muy bien Inticito, eres todo un cocinero. Estoy orgullosa de ti, se ve que *Tanitani* te tiene muy bien educado." Se arrimó a él y le dio un beso en la frente. "Por algo eres mi sobrino engreído, y ahora ven y ayúdame con las otras cosas que las vamos a llevar al comedor. Pero eso sí, te advierto, no hables nada, muérdete la lengua, ya."

Él no decía nada. Pero por su mente pasaban muchos recuerdos, y pensamientos, relacionaba todo lo que esos señores hacían, cómo se comportaban, las cosas que veía a su alrededor, con la vida en el campo, con sus padres allá en la chacra de su pueblo en *Chota* y, reservaba sus conjeturas para soltarlas en el momento indicado.

"¡Ya, ya, tía, vamos!", le dijo entusiasmado. Quería estar de todas maneras con los patrones.

En el comedor se escuchaban los reproches y disputas acaloradas de ellos. A pesar de que Nilda se esmeraba siempre los domingos en prepararles algo rico para que se apaciguaran los ánimos, pero todo era en vano, ni caso le hacían, después de todo, no era más que una sirvienta de confianza. Esa gente tenían tantas cosas materiales a su disposición, que se aburrían y comenzaban a pelear entre ellos. Sus temas de conversación giraban casi siempre en torno a las cosas que poseían o que pensaban tener.

"¡Mujer, carajo!", gritaba el Doctor Connor a su esposa. Él sentado en un extremo de una gran mesa ovalada de cedro con incrustaciones de marfil y a tres metros de distancia de ella."¿Por qué has sobregirado tanto la cuenta del *Banco Latino*? Ayer quise hacer una transferencia al *Comercial* y me dejaste en ridículo. ¡Por qué, por qué! ... acaso no te parece suficiente lo que te doy ... ¡Díme, díme, carajo!."

"¿Así? ... ¿pero si 30.000 soles no son nada? Esas cortinas las compré especialmente para ti, alegrarán un poco el interior de la sala."

El Dr. Connor volteó para ver lo que había comprado: eran unos lienzos bellísimas de una popelina fina bordada a mano. Untaba la mantequilla en las tostadas con desgana y torpeza.

"Mira Inés, tú sabes que yo trabajo muy fuerte para poder tener una vida digna. Y ahora me compras estos trapos huachafos ... ¡qué tal cojudes! Nosotros necesitamos otras cosas más importantes." Masticaba con cuidado: hace poco se había cambiado toda la dentadura, le brillaba como perla. Hablaba mientras comía, escupía las migajas. "Ya arreglé con el ingeniero de la casa para que la próxima semana comience con el cerco eléctrico que servirá para protegernos de los ladrones. Un día se van a meter y nos robarán todas nuestras cosas, ¿entiendes? Deberían de fusilar a todos en el panteón, ¡ladrones de mierda!" Doña Inés le volteaba la cara, se estaba echando esmalte en las uñas. "Porque a nosotros, que contribuimos para aumentar el producto bruto interno del país y salga de su miseria, nos tienen siempre fichados. Por un lado el Estado que se las ingenia cómo clavarnos más impuestos, y por el otro, esos rateros que perturban nuestra seguridad. Te juro, mujer, si algún día agarro a uno, le perforo los sesos con la *Mágnum 45* de cañón largo, y encima le zampo el tiro de gracia."

"Ya, ya, cálmate, *darling* ... y no te molestes, pues, conmigo. Quería darte solo una alegría"

"¿Alegría? ... ¿cuál alegría?. ¡Si todo es una huevada! ¡Un día voy a mandar a la mierda todo!", se agitaba. Comenzó a untar la segunda tostada con mermelada.

Ella se acomodaba el cerquillo del pelo rubio castaño. Su piel blanca olía a fina crema humectante. Juntaba todo su arsenal de medicamentos al lado de su plato: la pastilla amarilla contra la depresión, media aspirina para prevenir derrames cerebrales, la roja contra la hipertensión, la marrón contra el estreñimiento, y las cápsulas de complejo vitamínico para mantener la eterna juventud. Llevaba puesta una bata de seda china con dibujos de tigres y leopardos, ese día quería lucir salvaje y atrevida. Cada día se venía con algo nuevo, le gustaba exhibir su elegancia hasta para el desayuno. Le seguía llorando a su marido: "Es que compréndeme, *darling*, siempre estoy muy sola y aburrida. Cuando salgo de compras, me distrae el alma y me provoca cambiar todo: los muebles, cortinas, adornos, en fin ... ¿tú ya me comprendes, no?"

"Bueno, bueno, que sea la última, además tan mal no se ven. Esos trapos colgados en la ventana tapan también la vista del muro que tenemos en el jardín, que la verdad, se ve horrible, parece cárcel. Dile mañana mismo a ese jardinero *Huairuro* o como se llame, que se ponga a trabajar en una enredadera, y que sea bien frondosa, ¡está claro! Ustedes las mujeres tienen mejores gustos para esas cosas."

"Ya mi amor, no te preocupes ... ¡Ay! aprovecharé también para que me coloque un par de palmeras, así podré también arrullarme en el verano en una maca ... ¡Qué rico, *darling*! De repente así se me van las jaquecas. Pero el neurólogo me dijo que no es nada, imagínate, según él, dice que son solo ideas mías." Era hipocondriaca.

"Por mí te puedes hacer hasta una cabaña en la punta del árbol ... Ja-ja-ja. Tú me das mucha risa. Trabaja mejor como yo y ya veras que se te van todos los dolores", se burlaba de su mujer. No le tomaba en serio.

"No seas ingrato conmigo. Mira que todo lo hago por ti. Hay que lucirse el próximo mes para cuando venga a visitarnos el Presidente de *Gama Holding* ... ¿o ya te olvidaste?" Tomaba las pastillas una por una, con su cuello largo de cisne, demoraba en tragarlas.

Comenzaba a inquietarse, todavía no aparecían los huevos revueltos condimentados ni el caviar ruso que había mandado a preparar a Nilda. Estaba apurada. Quería irse a la sauna para tratarse la epidermis con hojas de eucalipto y un extracto de hierbas que le había recomendado su amiga *Sulema* —una de las tantas esposas que tenía del Emir de Dubai; porque según ella, el vestido de la colección *Versage* que compró en su última gira a Europa, le producía una alergia que le afectaba su linda piel.

"Verdad, tienes razón, lo había olvidado...", se acordó el Doctor Connor "... porque nosotros tenemos que cuidar mucho nuestras apariencias, es nuestra mejor inversión. Qué bien, por fin se te ocurrió algo inteligente, aparte de usar la cabeza solo para maquillarte y peinarte ... Ja-ja-ja", se reía, le faltaba el respeto. "Con la compra del 60% de las acciones del laboratorio *Gama* S.A. pasaré a ser el accionista mayoritario de *Gama Holding* ... ¿no te parece excelente, mujer? Con él haré un negocio redondo, ya no seremos millonarios sino multimillonarios ... ¡más ricos, muy ricos! Viajaré especialmente a Inglaterra para comprarme el último modelo del Jaguar." Inflaba su pecho bronceado por el *solarium* que tenían en la azotea, le colgaba una cadena de un kilo de oro de 18 quilates.

"¿Sabes qué? ... cuando me hablas así, a veces creo que tú ya no me quieres. Me tratas como si fuera cualquier cosa. Al comienzo éramos tan felices, ahora nunca te tomas un tiempo libre conmigo, me rehuyes, como si tuviera la peste bubónica", Doña Inés comenzaba a ponerse histérica "Si tenemos todo para ser felices, dinero, mucho dinero, somos ricos, una casa grande, socios de los mejores clubes de Lima." Estalló en llanto; el rimel se le derretía con la crema de aceite de coco *Joop* que se había echado en la cara "¿Por qué, por qué? ... ¡Contéstame, contéstame, Ricardo! Acaso no vez que estoy enferma de los nervios, me siento mal, aburrida, deprimida y todo por tu culpa, porque no me haces caso ... ¡Me voy a morir, me voy morir!" Se paraba y sentaba a cada rato, se sonaba la nariz con su pañuelo de seda hindú.

El Doctor Connor, ni caso le hacía, se reía burlonamente. Ya conocía los ataques histéricos de su mujer. Miró impaciente su reloj *Rolex* de treinta mil dólares y exclamó: "¡Nilda, Nilda, qué son de los huevos! ...", miró a su mujer "¡Y tú ahora cálmate, mujer! Zámpate mejor hormonas, que debes estar con el climaterio."

La empleada entró junto con Inti trayendo el resto del desayuno humeante. Llevaba un mandil blanco impecable y la trenza bien ajustada hacia atrás. Ambos tenían las cuatro manos ocupadas: el niño traía los huevos revueltos con tocino y el salero, y Nilda el café caliente junto con la porción de caviar Ruso y galletitas para la patrona. La mesa se encontraba llena, parecía un buffet de un hotel de cinco estrellas: cinco tipos de panes, mantequilla holandesa, queso francés, jamón serrano ahumado, frutas de toda clase, jugo de fresa, el té contra el estreñimiento para Doña Inés, duraznos y dátiles deshidratados, y una jarra de leche fresca.

Inti ya había convencido a su tía para que se quedara un rato a conversar con los señores, si es que se lo pidiesen.

"¿Y éste enano de dónde me lo han sacado?", preguntó el Doctor Connor, algo sorprendido; lució un gesto altanero.

"Es mi sobrino, Doctor Connor, ha venido a acompañarme un rato. Sus padres se han ido a *Cajabamba*, mi tierra, a ayudar un poco a mi hermana." Los ojos del niño brillaban, sus pensamientos y comparaciones no le dejaban tranquilo.

A la señora Inés le parecía un niño simpático, lo observaba con detenimiento. Tomaba su jugo de a poquitos.

"Siéntate, aquí, con nosotros, y conversa un poco, ¿sí?", le ofreció Doña Inés.

Inti miró a Nilda para que le hiciera una venia. Tenía deseos de permanecer con los patrones.

"Está bien, Inti, quédate un ratito y no molestes a los señores, ya", le advirtió, y se retiró educadamente.

El Doctor Connor lo observaba graciosamente, no perdía su chispa burlona, y le preguntó:

"Haber, Inticito, háblame algo, pues ... ¿qué quieres saber?"

Se acomodó mejor en la silla, y le dijo como retándole:

"Yo soy más rico que tú, ya", sus ojitos le bailaban, meneaba sus piernas que le colgaban de la silla.

Doña Inés soltó una carcajada estruendosa, no dijo nada. Miró a su marido a ver qué cosa le iba a decir.

"¿Así? ... ¿A ver, hijo, explícame cómo es eso?", le contestó el Doctor Connor.

"Sí, porque nosotros en la chacra de mi padre, a la espalda de mi casa tenemos un inmenso bosque agreste, lleno de árboles muy frondosos, y ustedes más que un jardín cercado por una muralla, además, tú tienes una piscina y nosotros siete bellísimas lagunas, donde nos bañamos calatitos y nadie nos dice nada", señalaba siete con sus deditos "... la *Chinguirip, Quimsacocha, Pozo Negro, Yanahuanga, Condacocha, Tacshana* y *Chancay*." Miraba la jara de jugo de fresas, quería tomar. Los patrones se hacían señas, no sabían que responderle. El Doctor comenzó a sentirse algo incómodo. Doña Inés le convidó el jugo.

"Toma, hijo, sírvete y ... sigue contándonos qué tienen ustedes que no tengamos nosotros." Se aguantaba la risa, guiñaba el ojo al Doctor Connor, que se puso tieso como el ornamento de madera que les había regalado el *Rey de Burundi* que tenían en la sala.

"¿Puedo comer también una manzana?", preguntó Inti, tímidamente.

"Claro, claro, sírvete todo lo que quieras, para eso te hemos invitado", dijo el Doctor; raspaba el plato de huevos revueltos condimentados con el cubierto.

"Gracias, señor", agarró la más grande y pecosa, le dio un mordisco. Hacía ruido con la boca. "¡Mmm, qué rica que está! La fruta pecosa es la mejor, le ha dado bastante el sol ... ¡es buena, es buena, no!" Devoraba feliz su manzana. "Mi mami también tiene un huerto, tiene todo allí: Hierba Luisa, Huira Huira, Huacatay, Membrillo, Llantén. Sabe cocinar riquisíiisimo: humitas, chococa, sopa verde, cuy con papa, chicharrones con camote, mote, miel con quesillo, cuiche con leche, pajuros ... ¡Mmm, qué rico!", se le hacía agua la boca." Y el Doctor que le decía siempre *"Ajá"* a todo; le prestaba más atención a su plato de huevos revueltos. "Sí, porque nosotros en el campo tenemos más cosas que ustedes, ya ... ¡Muchisíiisimas más cosas! Por ejemplo, ustedes tienen a *Lobo* y un perico encerrado en su jaula, nosotros, en cambio, cuatro perros chuscos muy astutos que nos cuidan la casa y nos mueven la colita siempre y, en verano millones de jilgueros, canarios y gorriones que acompañan a mi papi mientras trabaja la cosecha, cantan muy bonito ..." imitaba sus silbidos "... también nos visitan de vez en cuando, palomas, papagayos, guacamayos y mullushingos de cabeza roja. Son muy graciosos porque mueven sus cabecitas como lechuzas. Todos son nuestros mejores amigos. Mi papi les da también maíz, muuucho, muchisíiisimo, maíz. Porque a nosotros nunca nos falta la comida, señor: mi papi siembra papa, trigo y maíz, también tiene una vaca que da mucha leche con nata y cuatro *Güishas*, son ovejas, señor y, gallinas, conejos y cuyes ... ¡bastante, bastante animales, tenemos!"

"Ah qué interesante ... sigue, sigue, ¿y qué más tienen? ... Je-je-je", el Doctor Connor se reía irónicamente. Sus comparaciones le parecían graciosas. De tanto que se aguantaba la risa, a Doña Inés se le acalambraba el cuerpo.

"¡Sí! ... ¡y no se ría, señor Doctor! ... ¡Es cierto, ya! En el campo tenemos de todo, somos muy ricos, muy ricos", le replicaba el niño.

"¡Claro, muchacho! no te preocupes que te escucho atento ... ¡te creo, te creo!" Comenzó a prestarle algo más de atención.

"Porque yo tengo muchos hermanitos que ayudan a mi mami y papi y ustedes no tienen a nadie, están siempre solos. De nuestra casa, que queda en una colina, tenemos un horizonte que abarca kilómetros, ustedes en cambio lo tienen todo estrecho, rodeado de muros que parece una prisión. Con los bastantes amigos, primos, y tíos que tenemos nos vamos siempre de excursión a los bosques, pampas, lomas y quebradas y coleccionamos muchas lagartijas." Se emocionaba el muchacho, hablaba con las manos "Yo sé trepar muy bien, mi papi me enseñó. Un día ganó una apuesta, llegando primero a la punta de la cascada *Masmacocha* ...", señalaba con su dedito índice "Solo que hay que tener cuidado con la culebra *Cascabel*, es muy venenosa, pero según mi mami el veneno líquido amarillo como pipí que le sale, es bueno para curar la alergia." Se paró encima de la silla, hacía piruetas y malabares con la mano, movía brazos y piernas. Mostraba orgulloso como se podía trepar la cascada y lo que le había enseñado su padre.

"Ya, Inticito, te entendemos, y ahora siéntate, por favor. Te creemos, te creemos, eres todo un campeón", lo tranquilizaba Doña Inés. Le estaba ensuciando la silla con sus zapatos. Y clavaba sus ojos a su marido como diciendo, *ya vez, tú escúchalo nomás, que los niños no mienten*. Poco a poco la patrona se estaba también dando cuenta qué es lo que quería demostrar y, cual era el verdadero sentido de su conversación. Le acarició el bracito para calmarlo un poco. Al Doctor Connor, hasta ahora todo esto lo enervaba.

"En vez de hablar tanto, hijo, por qué mejor no te comes otra manzana", buscaba cambiarle el tema. Esas comparaciones le parecían absurdas.

"Déjalo qué hable nomás, de repente puedes aprender algo, hombre", le decía su mujer. "Creo que este muchachito dice la verdad."

"¿Qué verdad?, si tú vives en la ciudad y no en el campo, de donde proviene él, trabajando la tierra y cultivando solo papas. No seas ridícula, mujer, por favor, despierta, despierta, que nosotros somos gente de sociedad."

Inti al ver como volvían a discutir esos señores ricachones, no aguantó más y soltó, alzándoles la voz:

"¡Sí, eso es! ... porque ustedes tienen la sociedad y nosotros la naturaleza, por eso que somos también más felices y nos enfermamos menos: nos sobra mucho más el tiempo, comemos la mitad de lo que comen ustedes, dormimos el doble, caminamos el triple, nos reímos el cuádruple, y-y-y ...", le faltaba el aire, tartamudeaba la *y*, tenía que respirar "... y-y-y nos despreocupamos el quíntuple de lo que ustedes se preocupan; podemos soñar más porque ustedes ya todo lo tienen y vivimos más felices, en paz y alegría ... ¡Por eso, por eso, somos más ricos que ustedes, ya!" Inhaló una bocanada fuerte de aire, suspiró. Había hablado casi sin respirar.

Silencio en el cuarto. Los patrones se habían quedado mudos, como paralizados, no sabían que contestarle, les faltaban los argumentos. Doña Inés que dejó su taza de café a medio tomar en la mesa, sin decir ni pío, se puso roja como un tomate; y el Doctor Connor que casi se atora, sintió como si le hubieran arrancado en ese momento el corazón.

Inti se había quedado más tranquilo, por fin dijo todo lo que pensaba; jugaba con sus piernas que le colgaban de la silla, cruzaba los bracitos.

De pronto entró Nilda toda asustada, encogida de hombros, quería recoger a Inti. El muchacho se había quedado más de una hora conversando con los patrones, y pensaba: *¡Ay, Dios! Ojalá que no haya metido la pata e incomodado a los patrones ... ¡Ay, Taita, ayúdame, ayúdame!... ¡Ahora me botan!.*

"Ay, patroncita, usted disculpe ... ¿los ha incomodado? ¿preguntó mucho? ¿dijo algo que no les gustó?", preguntó insistente a la patrona. Se había quedado muy preocupada. Y antes que le contestara Doña Inés, se acercó donde Inti y lo halaba del brazo con vehemencia "¡Ven, ven, muchacho y párate que ya nos vamos! ... ¡Ay, Dios! ¡Qué dirá la patrona!"

"No te preocupes, Nilda, que no ha hecho nada, los niños no mienten", le calmaba Doña Inés "Creo que hemos tenido una conversación muy profunda ... ¿verdad, Ricardo?", y volteó a mirar a su marido.

El Doctor Connor, con toda su altanería y apariencia de hombre rico, cambió totalmente. Por un momento sintió que no era nadie. La conversación con el niño le había conmovido profundamente, fue una estocada fuerte para su ego. Y sin darse aún cuenta que Nilda estaba allí, miró a Inti absorto y dijo: "Así es, tienes razón, mujer, creo que no miente."

Se paró, se pegó a él y acarició su cabeza –algo que no había hecho ni con su propia mujer en todos estos años que llevaban de casados.

El niño, alegre, desinhibido, como cualquier criatura a su edad, miró al Doctor y le dijo:

"Señor ... ¿puedo comerme también esa naranja pecosa?"

"Claro, hijo, toma, abre tus manos ...", y le dio prácticamente todas las frutas que había en la fuente.

Nilda seguía mortificada, no sabía de qué se trataba y notaba que sus patrones también habían cambiado. Le incomodaba que su sobrino aceptara obsequios de sus superiores. Era muy orgullosa. Y de puros nervios comenzó también a rezongarle:

"¡Es la última vez que vienes a casa de los patrones! ¡De seguro que los has molestado! ... ¡Vas a ver lo que le voy a decir a tu papi!"

La felicidad de Inti se desvaneció y se puso a llorar, le salían lágrimas de cocodrilo. Agarraba fuerte las frutas que le había regalado el patrón; sorprendido por qué su tía le gritaba así.

"¡Deja eso, que es de los patrones! ... ¡tú también tienes en casa, ya!", decía muy estricta Nilda. Y trataba de abrirle las manitas que las tenía cerradas. No quería soltar las frutas.

"No, Nilda, no lo castigues que no ha hecho nada, por el contrario, debes sentirte muy orgullosa por tener un sobrino así", le confesó el Dr. Connor "Mi mujer y yo estamos muy agradecidos por las cosas que nos dijo ... ¿No es así, Inés?" Y miró a su mujer con la conciencia más descargada. Ambos sintieron en su interior como si durante todos estos años hubieran andando por un camino equivocado.

"Sí ...", contestó inmediatamente Doña Inés. "Si quieres, te doy hasta el día libre para que lo lleves a pasear, y mañana también, así lo puedes acompañar tranquilo a su casa. La verdad que ya quisiera tener un hijo así". Los dos abrazaban a Inti muy conmovidos.

"¡Gracias, patroncita, gracias señor!, son ustedes muy buenos ... ¡Gracias, gracias, y que Dios los bendiga siempre!" Y se retiraron muy contentos.

El Doctor Connor y Doña Inés se quedaron todo el día muy pensativos. Fue como un rayo que iluminó de nuevo sus vidas, un nuevo despertar. Gracias a ese niño, hoy se habían dado cuenta que había muchas otras cosas más importantes que toda esa riqueza material que poseían.

Ya de noche, echados en la cama, Doña Inés se acercó a su marido, le agarró cariñosamente la mano como dándose las paces, y le susurró al oído:

"¿Tú crees, cariño, que podríamos también ser tan ricos como Inti?"

El Doctor Connor la miró diferente a como siempre la había mirado, acarició también su mano, sonrió y le contestó:

"¿No sé? ... ¿pero podríamos hacer el intento?"

Solo cinco palabras

Se había propuesto presentar un cuento a un concurso literario de relatos breves. El plazo improrrogable de admisión llegaba a su término, le quedaban tan solo cuatro días. Como perfeccionista que era, todo lo tenía bien organizado y estudiado: las bases del certamen, la nómina del jurado; el *disk* para la copia; el sobre tamaño DIN A5 con la dirección del destinatario; la plica con todos sus datos personales y acompañado con una pequeña reseña biográfica y firmado con el seudónimo: *"El escritor"*. Faltaba solo el cuento.

"Carambas, hoy la inspiración no me puede defraudar. Me sentaré y plasmaré por fin mis ideas en este maldito papel", se daba ánimos.

Cada suceso o idea que pasaba por su mente lo martirizaba. La imaginación de tener solo que transcribir todo en palabras sobre ese folio que esperaba en blanco, inerte, era una tortura. Habían días en que no podía ni dormir y a veces hasta desconfiaba de su propia capacidad y talento. Cada vez que se sentaba en su escritorio recibía tal flujo de ideas, imágenes y pensamientos, que se bloqueaba con las palabras. Su pasión por la escritura era como una fuerza endemoniada que no le permitía seguir avanzando.

"¡Qué me pasa, por qué mierda me bloqueo!", maldecía, se ponía furioso. "Tengo tantas ideas en la cabeza, por qué será tan difícil escoger la palabra adecuada. Anda, suelta la pluma, olvídate de la sintaxis y de las reglas gramaticales, manda todo al diablo y escribe.

Piensa solo en tus personajes y en lo qué van a hacer, llévalos de la mano por el sendero de tu historia. No le tengas miedo a los vocablos, hoy te encuentras tranquilo e inspirado, no hay emociones, el cielo está claro, nadie te fastidia... ¡Tú puedes, tú puedes!", se motivaba, tratando de concentrase en lo que iba a escribir.

Vio el retrato de su padre que tenía siempre en su escritorio:

"Escribiré algo sobre mi padre, los viejos, la muerte, la vida después de la vida, un diálogo. Sí, eso es, un diálogo entre padre e hijo." Perforaba el papel con el lapicero; dudaba: "No... mejor no, evitaré los estereotipos, ya hay muchos que escriben sobre viejos, seré original. Ya sé..."

Se paró, abrió la ventana y se puso a observar las cosas que sucedían afuera y las relacionaba con su mundo interior: dos palomas que se picoteaban; el vecino caminado con su perro sarnoso que orinaba en cada esquina; niños que jugaban a la pelota; y un joven drogándose con cerveza y marihuana debajo de un árbol.

"Eso es, ya lo tengo más claro, cómo no se me ocurrió antes", se volvió a sentar; tomó el lapicero, acomodó el papel: "Será una obra maestra. A ese borracho que está afuera tomando cerveza, lo convertiré en mi protagonista principal, la estrella de mi relato. La trama será: *Totumo* se droga para planear un atentado contra sus vecinos quienes lo odian; les quemará la casa y luego se matará él mismo inyectándose kerosene en las venas... ¡Fabuloso, fabuloso!", se entusiasmaba con el desarrollo del argumento. "Ah, pero eso sí, no describiré a *Totumo*, lo dejaré actuar. Narraré la historia con una voz que ni se sienta, eliminaré las situaciones intermedias, el ripio y dejaré solo la elipsis."

Meditaba, concentrándose solamente en el personaje principal; pensaba en el título:

"*¿El atentado?... ¿Sin más esperanza?... ¿Planeando el fin?*" ¡Mierda!... ¿Qué título le pongo? Tengo tanto, pero tanto de qué escribir... Me gusta: *"Sin más esperanza"*, pero... ¿será *esperanza* la palabra exacta? ¿O mejor la cambio por *ilusión, o confianza, fe, certeza, certidumbre, expectativa...?* ¡Joder!, hay tantos vocablos análogos, por qué me complican la vida. ¡No pues, si serás idiota!...", se impacientaba, se criticaba él mismo "Pondré el título mejor al final y me concentraré ahora en el argumento... ¡Sí, eso es!" Era perfeccionista y no le gustaba hacer las cosas a medias. Bajó la vista al papel, el lapicero se le resbalaba a cada rato de la mano que le sudaba.

Mientras sufría con la selección de las palabras adecuadas, se le filtraban los recuerdos del pasado. Se acordaba de cuando recién se había casado, los tres divorcios, y de sus ex-esposas. El argumento sobre el joven drogadicto que había visto afuera en al calle se le estaba yiendo de la memoria. Ahora era el recuerdo de su pasado mal llevado que lo inspiraba como argumento.

Otra vez el desbordamiento de palabras e ideas sueltas que bombardeaban su cerebro; se desesperaba con facilidad.

"Está bien, está bien, malditas palabras, ya no me torturen más, dejaré descansar a *Totumo* un poco." Apuntó el nombre del personaje junto con el título que ya había escogido, en un cuadernillo que siempre llevaba consigo. Ahora eran los recuerdos con sus ex-esposas que le martirizaban:

"¿Con cual empiezo?... ¿Con Jacinta, Roberta, o Jennifer?...", no soltaba para nada el lapicero, miraba ensimismado el folio "Ya sé… con Roberta, hay bastante que contar. Con las cosas que le hice, le doy una volteadita a los sucesos, le cambio el nombre, y listo, a hacerla actuar. Te llamaré *Ruperta*, así nadie sospechará de ti. Será un argumento original, con bastantes conflictos, nada de usar antagonismos planos. No hay nada que hacer, a eso se le llama tener pasta de escritor. Pero cuidado con los localismos: *"una gota de yodo en un litro de agua, puede cambiar el color de mi manuscrito"*. Se acordaba de lo que había aprendido de su profesor de literatura.

Emocionado, cogió de su biblioteca el libro *Nada es lo que parece* de Carmen Posadas. Leyó unos cuantos párrafos. Quería buscar más material para enriquecer el argumento.

"Me gusta, me gusta su estilo: con esa ironía reforzada y desenlaces imprevistos de último minuto." Se metía la punta del bolígrafo en la oreja, expurgaba lo que había adentro; se sacaba los mocos. No podía tener las manos quietas "Esta mujer tiene razón, hay que tomar los problemas con humor, entretener al lector, sino pierden el interés. La psicología del hombre es grandiosa. Carambas, Carmencita, me gustaría conocerte un día personalmente." Miraba la foto de ella que había en la contra portada del libro; conversaba con ella como si estuviera presente: "Te doy la razón, cuando una mujer sufre por amor, la mayoría de los hombres –a excepción mía, claro está- son unos desconsiderados e insensibles."

Mantuvo la página 94 del libro abierta, arrimó el DIN A4 en blanco, lo giró un poco para poder escribir mejor, y justo cuando iba a empezar con las primeras palabras, otra vez la invasión de vocablos y voces que le distorsionaban los pensamientos:

"¿Pero será así cómo lo describe? Además, tampoco he leído su obra *"Cinco moscas azules."* Carmen, creo que estás jugando con los sentimientos. Yo no me voy a comparar ahora contigo, tengo que ser original, sería mi decadencia como escritor."

Revisó otros capítulos para certificar su conjetura.

"Aquí está... lo sabía, lo sabía: *El amante nubio,* páginas 83-149 ¡Carmencita, me has desilusionado tremendamente!", le discutía como si estuviera allí, a su lado. "Tan pura tampoco habías sido, aquí, en la página 133 lo describes clarito: tu protagonista *Laura* le sacó la vuelta a su marido *Miguel* con *Kalim* –el guía turístico egipcio-, mientras dormía plácidamente en su camarote. Grandísima pendenciera, cómo se te ocurre escribir algo así. Con esto me has demostrado que tú tampoco eres una santa, todas son iguales. Lo siento, me has defraudado porque eres igual a Roberta y mis ex esposas. Está bien que nosotros los hombres tengamos en nuestros genes el cromosoma Y defectuoso, y que por ello seamos un poco más agresivos y belicosos que ustedes. Sin embargo, lamento decirte, no por ello dejaremos de ser siempre los más fuertes, valientes y triunfadores... ¿me comprendes? ¡Qué viva el sexo fuerte, abajo el débil!"

Su ánimo comenzaba a decaer, los recuerdos y las amargas experiencias con las mujeres le deprimían e indignaban. Se paraba y sentaba a cada rato. Acariciaba el papel en blanco como si se estuviera untando una crema humectante; seguía criticándola:

"Y no me importa que solo sea una ficción, sería rebajarme como hombre." Arrugó el pliego "Todas son unas putas y aprovechadoras, lo único que quieren es pinga y dinero...", recordaba como Roberta –su ex esposa- le había engañado con su propio abogado, ese día de verano en la playa: "Nunca te lo perdonaré, debiste haberte ahogado en el mar."

Las memorias de su pasado lo afligían, muchas emociones juntas: divorcios, maltratos, sacadas de vuelta, hijos ilegítimos, etcétera y etcétera. Se puso a observar los objetos que había encima del escritorio, y se acordó sobre del último ensayo que el doctor Ted Lewis leyó en el quinto congreso sobre: *La relación del hombre con los objetos*. Reflexionaba en voz alta:

"¿Qué curioso?... nuestra vida, nuestra comodidad, descansa actualmente sobre miles de cosas, cuyo origen e historia desconocemos...", y revisaba minuciosamente el papel blanco que tenía al frente suyo: lo palpaba, doblaba, desdoblaba, medía su consistencia.

"Hmm, papel, papel... blanco, formato DIN A4, medidas: 210 mm x 297 mm, densidad: 80 gr/m^2, *copy & print*, fabricado con pulpa de madera blanqueada y con fibras fuertes y elásticas… ¡Interesante, interesante!", se sorprendía por los descubrimientos.

Levantó el papel hacia la ventana para ver como se traslucían sus fibras por el reflejo de la luz.

"¿Para qué diablos te habrán inventado los egipcios, ah?... Porque para mí, no sirves más que para martirizarme, me persigues con tu blancura... ¡Por qué, por qué!"

Hablaba angustiadamente a ese objeto inerte, como si tuviera vida. Le había invadido una tremenda incertidumbre.

"¿Por qué será que no puedo vivir sin ti?...¡Me has embrujado! ¿Qué eres en verdad, qué pretendes ser?... ¿Mí segunda piel? ¿El reflejo de mis sentimientos? ¿Testimonio de mi conciencia? Lo que pasa es que tú quieres que rebele mis intimidades, no... ¡Contéstame, contéstame! Cada vez que te veo así de blanco, níveo, limpio, me tientas a escribir cosas que en verdad no quiero, ¡por qué, por qué!" Acariciaba el papel "Tú albor me atrae de tal manera que no puedo controlarme y me bloqueo. ¿Por qué es que siempre me inquietas a revelar mis secretos, las cosas ocultas que viven dentro de mí? ¿Por qué eres así conmigo?... ¡Ayúdame, ayúdame! ¿No respetas acaso mi privacidad?... No permitas que me martiricen más las palabras, sí... ¡Sálvame, sálvame de su tortura!"

Por un momento trató de poner su cabeza en blanco, pero nada, su mundo subjetivo era más fuerte, no podía encontrar la calma. Instintivamente estiró el brazo hacia la gaveta y sacó otro folio. Sonó el timbre de la casa. Era un mensajero que traía la última edición de la revista *Reader's Digest*. Al ojear las primeras paginas, leyó un artículo feminista: *"Las estrategias que usan las mujeres para conquistar a los hombres"*. No le había agradado, se incomodó. Cambió repentinamente de ánimo.

Era mediodía. Se sirvió un aperitivo y se sentó cómodamente en el sillón de la sala a analizar el contenido de ese artículo. Mientras lo leía, su imaginación continuó trabajando.

"¡Qué buena concha!... Así que se creen estrategas, ¿no? Esto es lo que necesitan ustedes... ¡Pinga, pinga!", se tocaba los órganos genitales.

Se paró, y así como estaba se dirigió a su escritorio: era ese papel en blanco que no le dejaba tranquilo. Con el hipotálamo caliente, botando endorfina hasta por las orejas, comenzó a construir otra interesante historia:

"Sí, eso es, cómo no se me ocurrió antes, escribiré algo sobre la antítesis del hombre romántico, amoroso, sensible, de eso que no le gusta leer a las mujeres; copulación, sexo, mucho sexo; tema central: *Mostrar el amor perverso, sin límites y en sus mejores posturas*. No... mejor no, le falta excentricidad en las palabras, tengo que despertar la imaginación al lector. Porque los verdaderos artistas son aquellos que se oponen siempre a las reglas con éxito. ¡Carambas!... ¿pero qué escribo, qué escribo?", sufría, escogiendo las palabras exactas.

Se encontraba encima de una nube de imaginaciones, hilando palabras, entrelazando ideas.

"Pero claro, *El hombre de la pinga de oro*, así se llamará. Por fin se me iluminó la mente, la transformación del *Eros* en lujuria, el sentimiento perverso." Se concentraba mirando el papel "*Ulises* será mi protagonista principal. Sí, *Ulises* fornicando a *Cleopatra*... ¿o ha sido con *Penélope,* quien se había quedado sola con su hijo *Telémaco,* cuando él partió a la guerra de Troya? Bueno, no me importa, al diablo con la historia, es solo un nombre, para mí será con Cleopatra." Alzó la vista, eran las dudas que seguían corroyéndole: "¿Pero... qué hacemos con *César* y *Marco Antonio* que también se acostaron con ella?... ¡Maldita reina egipcia, cómo me complicas el desarrollo de la historia!"

Conversaba, dialogaba, vivía con sus protagonistas. Jugaba con los personajes que habían hecho historia en el pasado, traslapando los tiempos y sin importarle la crónica de los hechos.

"Por qué no mejor con éste otro: *Adolf Hitler* exhibiéndose con *Chicholina* en pleno parlamento italiano", se masturbaba mentalmente "No estaría nada mal: *Chicholina,* mordiéndole el rabo al *Führer*... ¡Tremendo hijo de puta! Ah, pero el placer engaña, mi querido *Führer*, ya verás lo que te hará después *Chicholina*. ¡Perfecto, perfecto! Muy buen comienzo como para un cuento, y lo terminaré con un final suspendido –sin fin pero con finalidad, como diría Borges. Se jugará la vida del cuento en las primeras líneas y su resurrección en las últimas. Será un argumento exitoso, genial, sin palabras de más, con imaginación, mucha imaginación. Quiero que el lector sufra con las palabras igual que yo, que piense, a ver si adivina mis secretos. Mostraré solamente la puntita del iceberg, y el resto, la verdad escabullida... ¡Maravilloso, maravilloso!", se emocionaba.

A los pocos minutos sentía como ese fuego de euforia se apagaba, desvaneciéndose en la realidad. Todo volvía a normalizarse. Rompió el papel y lo botó junto a los otros pliegos arrugados que habían en la cesta.

Sufría, se angustiaba, tenía tanto de qué escribir, tramar, maquinar, pero no encontraba las palabras. Siempre era así. Se pasaba horas y horas mirando solo ese papel inerte, como queriéndole dar vida, pero nada, la tormenta de palabras y el influjo de lo que sucedía a su alrededor era muy fuerte. Ya no podía más y se preguntaba:

"¿Pero cómo hacen los otros, esos que dicen llamarse escritores, novelistas, prosistas, cuentistas, para escribir sus textos?... ¡Palabras, palabras, malditas palabras!... ¡Papel, por favor, ayúdame a quitarme el demonio de encima!", perforaba el papel con la punta del bolígrafo, una y otra vez.

Mortificado se recostó en el respaldar de su asiento y reflexionaba consternado:

"¿Quién mierda habrá inventado la escritura?"

Comenzó a ojear *Final del Juego de Cortázar, Ensayos de Borges, Hemingway, Chejov, Poe,* estudiaba sus palabras, fonemas, analizaba vocablos, comparaba consonantes con asonantes, estructuras oracionales, funciones. Mientras más se adentraba en ese infierno de letras y palabras se desilusionaba cada vez más.

"¡Esto no puede ser!... si toda esta ensalada de letras y morfemas confunde solamente al lector. Para qué mierda sirve entonces la imaginación. ¡Carajo!, ya no hay privacidad en nada, ni para guardar los secretos."

Seguía estudiando las obras de los maestros literarios que guardaba en su estante polvoriento de libros.

"Todo esto es absurdo, descabelladamente absurdo. Sí, así es, por eso odio y condeno las palabras, me masturban los pensamientos y asesinan mis ideas. Y ustedes, señores escritores famosos, engendros literarios, artistas caprichosos, delatadores de sus propias vidas, especuladores del lenguaje escrito y rimbombante: es cierto que a veces trato de imitar sus estilos, pero a la vez me siento un castrado mental con solo pensar que para escribir una ficción mía, tenga primero que ajustarme a sus reglas... ¿Es eso justo?"

Dejó la catarsis a un lado, y así inspirado como estaba, cogió el papel en blanco y atinó a escribir solo cinco palabras: *"LO QUE NO SE ESCRIBE..."*, marcó unos puntos suspensivos y firmó al pie de la página con el seudónimo: *EL ESCRITOR.*

Luego le sacó las respectivas copias, las metió en los sobres con las direcciones del concurso, y ese mismo día despachó todo por correo certificado.

Quiero seguir durmiendo

"¡Caramba, cómo la extraño!", miraba las fotos de su mujer que tenía en su escritorio. Los gestos de él delataban apatía.

"Cálmese, don Zacarías, ánimo, animo, que hay que cuidar esa salud. Si doña Carmela lo viese así, siempre deprimido y melancólico, no le gustaría mucho. Estoy seguro que ella se alegraría más, si usted cambiara de ánimo, más optimista, jovial, como siempre ha sido", le reanimaba la enfermera, abrazándolo con cariño. "Apuesto que ella también le está observando por un huequito allá arriba en el cielo. Doña Carmela siempre se había sentido muy orgullosa de usted."

"Así es Flor, qué bien que te acuerdas", respondió cabizbajo, con el corazón que se le partía de pena.

"Esas cosas no se olvidan, don Zacarías. Para mí, doña Carmela era una mujer que valía oro. ¿Usted la ha querido mucho, no?"

"¿Mucho?... ¡Muchísimo, Flor! Cuando tú tengas mi edad, me comprenderás mejor. Después de vivir tantos años juntos y ahora sin ella, es como si me hubieran arrancado el corazón, es horrible", no quitaba la vista de las fotos.

"Comprendo, comprendo."

Ella le envolvía los pies con una frazada de lana para que no se le enfriaran. De tanto estar sentado en la silla de ruedas los pies se le ponían morados y fríos.

"Listo, hoy día le puse la verde, el color de la esperanza, don Zacarías. Tiene que estar bien abrigadito, no se me vaya ahora a enfermar. Deme ahora su brazo que le voy a medir la presión", le arremangó el pijama, y le colocó el medidor en el brazo izquierdo.

"¡Ah, caramba!... la sistólica se le ha subido a 180.", le apretaba la muñeca; le medía detenidamente el pulso, mirando el segundero de su reloj "¡90 por minuto!... Hmm, está también rápido. Tiene que calmar esos nervios, don Zacarías, le daré media pastilla con un jugo de toronja, eso le bajará la presión."

Con sus 88 años ya todo le daba igual, no tenía ánimos para nada, lo único que hacía era dormir, ni comer quería. Contemplaba a la enfermera con cierta abulia, decaído, indiferente.

"¡Don Zacarías!...", le hablaba pegando la boca a su oído "¿Me escucha?... ¿Qué tiene, que lo noto medio apático? Seguro que soñó cosas raras."

Quería asearlo.

"Le voy a llevar al baño para que se ponga precioso. Usted no puede quedarse en la cama siempre, tiene que moverse un poco. Mire...", se fue a la ventana, arrimó la cortina, subió las persianas "¿No le parece bonito? Nunca en mi vida he visto un sol tan radiante. Después de tomar el desayuno, lo sacaré a pasear un poco por el parque, ¿qué tal le parece la idea?"

El viejo levantó la cabeza, se enderezó con dificultad en su asiento, y le dijo:

"No, hoy día no, me siento muy cansado, prefiero seguir durmiendo. Además, para qué, si ya no puedo hacer nada, soy un viejo inútil, inservible. Divierte tú nomás, sal a la calle, aprovecha de tu juventud. Te cuento que en la noche tuve un sueño muy bonito", no aguantó mucho y volvió agachar la cabeza; apoyaba el mentón en la mano derecha. Se quedaba taciturno.

"¿Así?... pues entonces debería estar alegre, porque yo, ¡ay, qué horror!... Soñé con drácula que me chupaba la sangre. Fue horrible, pero felizmente fue cortito nomás."

Mientras le hablaba, aprovechaba para acomodar todas las cosas que habían quedado desordenadas en su escritorio: fotos antiguas de cuando don Zacarías y doña Carmela eran jóvenes; pedazos de papel cortado, medio rollo de papel higiénico, una tijera, el frasco del pegamento, lápices de todos los colores y tamaños, un florero sin agua; un candelabro con una vela casi terminada; en el otro extremo de la mesa, junto a un pequeño estante, tenía una colección de álbumes antiguos forrados con un cuero desgastado, y unos cuantos archivadores sueltos. Al viejo le gustaba matar el tiempo pegando fotos de su juventud, de su matrimonio; recortaba artículos de periódicos y revistas ya pasados. En un archivador viejo con huellas de humedad por el tiempo, conservaba en orden cronológico todas las cartas que recibía de sus hijos. A veces, cuando se encontraba más lúcido, se le ocurría escribir algunas líneas, pero que por la tembladera de su mano nunca las podía terminar.

"Qué tal desorden, don Zacarías, si lo viera su mujer... ¡Ayayay!, las cosas que le diría. Ella que fue siempre tan ordenada. Debería de halarle las orejas.", movía la cabeza.

"No te inmiscuyas en mis cosas, Flor, ¿acaso yo rebusco las tuyas? Estoy armando un nuevo álbum. Ya casi lo tengo listo, ¿quieres verlo?...", se arrimó a un lado y sacó un álbum grande y grueso.

"Ay, pero si es usted todo un artista, todo bien enmarcado y con dibujitos a los costados. Las fotos son bellas", hojeaba cada página. "¡Qué buen mozo que se le ve aquí!, tiene algo de *Alain Delon*, y aquí también con su mujer, parecen artistas de cine. Doña Carmela fue una mujer muy bella."

Los ojos del viejo brillaban. Le gustaba que le halagaran.

"Sí, sí, son lindas, verdad. Si quieres te regalo una", decía contento, y sacó de una caja dorada una foto de él con su mujer de 10 por 15 centímetros y se la regaló. De la emoción quería llorar.

"¡Gracias, gracias, don Zacarías! Es usted muy bueno, la pondré en un lugar especial en la sala de mi casa y le prenderé siempre una velita misionera. Pero no se ponga ahora sensible, pues, tiene que hacer un esfuerzo para olvidarse un poquito del pasado. Venga, quiétese el pijama que lo voy asear de una vez."

"Es que no puedo, me siento solo, sin mi mujer y mis hijos, yo quiero irme también, Flor. Esto ya no es vida. Te juro que cada día que pasa le rezo a Dios para que me lleve a mí también", sus manos le temblaban.

Al frente, parada en el umbral de la puerta del dormitorio, Justina, la veterana empleada domestica de la casa, observaba con pena a su patrón:

"Ay sí, don Zacarías, la señorita Flor tiene razón, debería ser un poquito más ordenado con sus cosas. El otro día se olvidó de apagar la luz de la mesita de noche y se quemó el foco. Para la próxima, ya va a ver... no le compraré pero ningún foco más, se quedará en tinieblas, con sus velitas nomás... Ja-ja-ja", se reía, lo decía en broma, no le gustaba verlo sufrir. Quería más bien cambiar de tema y que se olvidara por un momento de doña Carmela.

"Seguro que el espíritu de la patrona no le deja dormir. Cuando se le aparezca, guárdelo mejor en un frasco, luego lo mezcla con agua y se lo toma todito. Así la tendrá siempre dentro de su cuerpo, don Zacarías, se va a sentir mejor, hágame caso. Yo también la extraño mucho, pero así es pues la madre naturaleza, a todos nos tocará un día. ¡Virgen Santísima y que Dios la cuide siempre!", se persignó tres veces. "Pero cómo siga usted así, le diré a Eustaquia, mi prima, que le pase el huevo, el cuy y todas sus hierbas raras, y le extraiga de una vez toda las penas que lleva adentro. Ella es media curandera... Ja-ja-ja", le bromeaba para que se riera un poco; pero nada, con él no era la cosa "¡Ay, Dios mío!... Mire nomás como se encuentra, todo ojeroso y cansado."

"Ustedes qué saben de la vida, podrían ser mis hijas, recién salen del cascarón. Yo quiero mucho a mi Carmelita, sin ella ya nada tiene sentido... ¡Quiero morirme, quiero morirme!"

Las mujeres se miraban entre ellas y trataban de apaciguarle el ánimo:

"Qué cosas dice, don Zacarías, usted todavía tiene para rato, ¿O ya se olvidó?... *hierbamala* nunca muere", le contestó Flor con gracia, se tapaba la boca para que no la viera reírse.

La conversación enervaba al viejo, se estaba desesperando.

"Bueno, bueno, qué quieren hacer ahora conmigo, ah. No quiero bañarme ni tomar desayuno, ni nada de nada, lo único que quiero es que me dejen solo, tranquilo. ¡Me entienden!"

Justina ayudaba a Flor con la frazada, luego abrió la ventana del cuarto para que se ventilara un poco.

"Ya sé... qué tal si le preparo el arroz con leche que tanto le gusta, ¿qué dice?...", dijo ella y le guiñaba el ojo a Flor; puso sus manos sobre los hombros caídos de don Zacarías "¿O prefiere mejor una crema de helado? Aproveche, aproveche que estoy dadivosa. Je-je-je", seguía riéndose.

"Buena idea, Justina, dale mejor el arroz con leche, pero que sea después del desayuno, le va a caer bien. Y no te olvides de bajarle el azúcar, acuérdate de su diabetes." Engreían al viejo como si fuese un niño.

A pesar de que últimamente se había vuelto medio cascarrabias e impaciente, lo querían mucho. Desde que murió su mujer hace tres meses, se hundía constantemente en depresiones; cincuenta y cinco años de casados, siempre juntos y ahora viudo. Se sentía triste, muy triste.

Don Zacarías cogió el retrato de su mujer a colores, que tenía sobre el aparador, y mientras lo contemplaba, le hablaba despacito como si estuviera viva: *Mi amorcito, qué linda se te ve, llévame contigo de una vez, quiero estar a tu lado, te extraño, te extraño"* Y recordaba con nostalgia lo que había soñado anoche. Sus ojos se le humedecían, agarraba fuerte el retrato.

"Don Zacarías, hoy día no lo veo bien, seguro que ha tenido otra mala noche", dijo Flor; le tocaba la frente, acariciaba su mejilla con la mano. "Está sudando. Lo llevaré de una vez al baño para pasarle la esponja, sí."

Abrió una puerta del armario y sacó un pomo.

"Mire... ¡sorpresa! Ayer le compramos su colonia favorita, *Yardley*... ¿le gusta?"

Él agarró el frasco, miraba la etiqueta y por fin sonrió un poco.

"Gracias, mi niña (así la llamaba de cariño), gracias", examinaba el envase como un niño cuando le regalan un juguete. De la emoción le caían unas cuantas lágrimas "Discúlpenme, es que extraño mucho a mi mujer. Ustedes son en verdad muy buenas conmigo... ¡Carambas, qué haría sin ustedes!"

Flor y Justina volvieron a cruzar miradas. Se les partía también el alma.

"¿Y usted cree que no nos damos cuenta de eso?", le confesó Flor "Pero así todo alterado, tampoco sacará nada, don Zacarías."

"Sí, mi niña, tienes razón... ¿Me perdonan?"

Ajustó el pomo entre las piernas con dificultad, y les dio a cada una un beso en la mejilla.

"Qué sería de mí sin ustedes, discúlpenme, es que soy un viejo jodido."

La perdida de su mujer le hizo cambiar mucho, ya no era ese hombre alegre y gracioso que había sido antes. Vivía retraído en su mundo, como un autista, quería quedarse todo el día en su dormitorio, pegar fotos, leer las cartas de sus hijos, o sino dormir.

"Por favor, por qué no me dejan mejor aquí, quiero seguir durmiendo." Ajustaba las ruedas de la silla con la mano para que no lo movieran.

"Vamos, don Zacarías, no se haga el engreído, ¿sí?" Flor empujaba la silla.

El viejo volvió a ponerse testadura:

"¡He dicho que quiero quedarme aquí, por favor!", contestó alterado.

"Ven Justina, ayúdame con la silla, vamos a llevarlo al baño a refrescarlo un poco."

Ambas forcejaban para que se moviera, pero el viejo obstinado tenía fuerza, se quedaba clavado en su sitio.

"Pero si estoy limpio", y se olía el mismo "Hoy quiero quedarme así... ¡déjenme, déjenme!", subió el tono de su voz.

"¿Otra vez, don Zacarías?... No nos grite que no somos sordas", le advertía Justina. "Mire que le hemos regalado su colonia *Yardley,* olerá riquísimo”, abrió el pomo y le echó unas gotitas detrás de la oreja. “¡Mmm, qué rico huele!”

Trabó la rueda con el freno, cruzó los brazos y les dijo resuelto:

“¡De aquí no me mueve nadie, me entienden!”, y se quedaba mirando la cama. “Por qué no me echan de nuevo en la cama, y les cuento lo que soñé anoche, ¿sí?”

Justina ya se había dado cuenta hace rato de lo que en verdad quería el viejo, y pellizcó la cintura a Flor para que mejor desistiera con el aseo.

“Sí, Flor, no seas así con él, no ves acaso que quiere echarse otra siestecita”, le insinuaba Justina “Déjalo nomás que no le pasará nada”, le guiñaba el ojo, le daba codazos “Tú siempre tan estricta, pareces militar.”

El viejo comenzó a mirarlas con otro semblante, la tensión se le iba soltando poco a poco. Se estaba tranquilizando.

“Pero, Justina, ayer y anteayer fue también lo mismo. De tanto que permanece en la cama le van a salir excoriaciones”, le refutaba.

Él observaba como discutían y les insinuaba:

“¿Y, qué dicen?... ¿Me podrían entonces dejar en la cama? No necesitan ni desvestirme... ¿vamos, pues, me quedaré tranquilito, sí?”, les rogaba.

La cama era su refugio, así podía olvidarse más rápido de todo lo que le aturdía.

“Bueno, por esta vez nomás. Y que conste que lo hago porque ahora le veo con mejor ánimo, ¿okey?”, le dijo Flor aún no muy convencida.

“¡Buena, Flor, así se hace!”, se alegraba Justina.

“Pero eso sí, mañana lo meteré a la ducha con ropa y todo, ¿entendido?”, le advertía. Le dio la pastilla contra la presión con el jugo de toronja.

“Ya, ya, mi niña, y ahora, ayúdenme a levantarme de la silla, sí.”

Ayudaba ávidamente a las mujeres a extender de nuevo la ropa de cama, alzar un poco el respaldar y acomodar la almohada.

“Listo, don Zacarías, otra vez al sobre. Ji-ji-ji”, bromeaba Justina, riéndose "Y ahora no se haga el olvidadizo, que nos tiene que contar su sueño."

"Verdad, ya me había olvidado, usted es un bandido, don Zacarías, que todavía nos debe algo", le recordaba también Flor. Corrió a la ventana y volvió a bajar la persianas.

Se sentaron junto a él al borde de la cama, y lo observaban atentas.

"Bueno, entonces les contaré mi sueño. Pero péguense más a mí, pues, que no muerdo...", y comenzó a contarles el sueño:

"Yo me encontraba en un jardín grande, muy grande. Estaba muy bien cuidado, y al lado mío estaba Carmela, me abrazaba cariñosamente. Se le veía linda, joven, cómo cuando recién nos conocimos. Me decía:

"*¿Y, cariño?... ¿Cuándo vienes al paraíso que tengo una sorpresa para ti?*"

De pronto me invadieron miles, millones de mariposas de todos los colores, se posaban en mi cuerpo y en él de ella.

"*¿Por qué tantas mariposas?... ¡Son lindas, bellísimas, qué maravilla!*", le decía asombrado a mi mujer. El aleteo de sus alitas me masajeaban el cuerpo.

"*Ah, para que veas, eso es solo el comienzo de la sorpresa que hay en el paraíso. Ellas te acompañarán siempre.*"

Mientras más se posaban sobre mis extremidades, sentía como si me transfirieran una fuerza extraña, extraordinaria. En ese momento, a pesar de verme viejo y decrépito, podía movilizarme como un joven: me paraba, saltaba en un pie, me daba volantines sobre ese césped de un color verde intenso, suave, tan suave que ni lo sentía. No me dolía nada, me sentía bien, muy bien, como un niño de diez años, lleno de energía. Me sorprendía ver a Carmela totalmente rejuvenecida, parecía una princesita de quince años.

"*¿Y por qué te ves tan joven, quiero verme como tú, te vez bellísima, mi amor?*", pregunté curioso.

"*Mi amor, si me sigues al paraíso te verás también así de joven como yo. Te alimentas solo del aire puro y de la energía que te brindan las mariposas. Mira..."* Y se paro, me haló del brazo y bailamos la canción *Volver* de Carlos Gardel, y seguimos con una ranchera y luego un tango, después un mambo y luego otro; y así contorneábamos nuestros cuerpos horas y horas sin cansarnos. Al fondo, debajo de un frondoso ciprés de tronco ancho, veía también que bailaban felices mis dos hijos con sus esposas y todos mis nietos. Eran muchos, por lo menos diez. A todos se les notaba dichosos. Eso me alegraba mucho, porque por fin podía tenerlos a todos juntos. Los más pequeños, se acercaban, me besaban acaloradamente y me preguntaban curiosos:

"¿Abuelito, por qué se te ve tan viejo y a mi abuelita no?"

Carmela se reía y me acariciaba tiernamente el brazo y les contestaba:

"Ah, ese es pues el gran misterio del paraíso."

El más pequeñín de todos, se pegaba a mí y me tocaba la piel, sus ojitos eran celeste como el cielo.

"Tienes muchas arrugas, abuelito, son profundas, mira... ésta de aquí, y la otra", las marcaba con sus deditos. A mí me daba cosquillas, y le dije:

"Son las arrugas de la vida, mi hijo. Qué cosa crees, cada una tiene un significado muy especial."

Y le acercaba mi cara para mostrarle el valor que tenía cada una.

"Por ejemplo, la de la frente, representa el esfuerzo a mi trabajo como abogado: tenía que leer siempre mucho, me pasaba horas concentrándome con los libros y fruncía la frente así...", y arrugaba a propósito más la frente.

"¿Y las de la mano?", volvió a preguntarme. Me tocaba las manos, miraba la palma, estiraba los dedos.

"Ah, las de la mano, esas sí que tienen un significado especial: desde joven me gustaba mucho la artesanía con madera, mis padres tenían una hacienda en Chile y cada vez que tenía vacaciones, viajaba donde ellos; me gustaba cortar leña y hacer muchas casitas de muñecas para mi hermana, pesebres de navidad, autos, soldados, hasta ayudé a mi papá a construir la cabaña que teníamos en la loma de un

cerro."

Me llenaba de satisfacción conversar con mis nietos. Pero lo que más me sorprendía era esa lozanía que tenía mi mujer, era increíble. Y el mayor de mis hijos, como si me leyera también los pensamientos, me insinuaba:

"¿Y no te gustaría venir para estar como mi mamá para siempre?"

Y yo le respondí:

"¡Sí, y mucho!... ¿pero qué puedo hacer?"

Y Carmela que me miraba dulcemente, prendiéndose fuerte a mi cuerpo, me dijo:

"Fácil, pues, sigue durmiendo y verás que pronto muy pronto se cumplirán tus deseos."

En eso se apareció de nuevo otra nube de mariposas que me cubrían íntegramente, no podía ver nada, volaban desesperadas. Éstas eran blancas, brillaban con el reflejo del sol, con unas alas grandes y fuertes; se adherían a mi cuerpo, y me elevaban para transportarme a un túnel profundo, muy profundo; al fondo escuchaba la voz dulce de mi mujer que me decía:

" Ven, ven, ven" En eso abrí los ojos y me encontré contigo, Flor."

Flor y Justina inmediatamente se habían dado cuenta que algo raro le estaba sucediendo al viejo.

Él las miró aliviado, suspiró y les dijo:

"Y ahora, no sean malas, pero me siento muy cansado, quiero seguir durmiendo, sí."

La Trilogía Divina

Sentado, cruzando las piernas y reposando los brazos con las palmas de la mano mirando hacia el cielo –como buscando una conexión celestial suprema–, *Rahma* rezaba para sus fieles que se aglutinaban por miles, apiñados uno junto a otro en la plaza principal de la ciudad. La mayoría de ellos eran enfermos crónicos que sufrían de padecimientos incurables: impedidos físicos, trastornados mentales, desahuciados. Todos miraban atónitos, perplejos de emoción a ese espiritual brahmánico, quien les hablaba como Dios:

"Algunos pasan por la vida como por un túnel y no se explican el esplendor, la seguridad y el calor del sol de la fe que solo yo, *Rahma*, él que todo lo puede, les puede dar." Estiraba los brazos hacia arriba como queriendo coger las nubes. "Repitan conmigo: ¡Bendito sea el dolor! ¡Amado sea el dolor! ¡Santificado sea el dolor! ¡Glorificado sea el dolor!"

"¡Síii!... ¡Síiiii!... ¡Síiiiiii...! ¡Bendito sea el dolor! ¡Amado sea el dolor! ¡Santificado sea el dolor! ¡Glorificado sea el dolor!... ¡Dooolor! ¡Dooo-lor!", repetían sus seguidores, incansablemente; imitando sus movimientos, gritando como ovejas que siguen a su pastor.

Meneaban sus cuerpos en trance: se frotaban la frente, se golpeaban los pechos como si quisieran arrancarse el corazón y entregárselo como ofrenda; se agarraban de las manos haciendo una gran cadena solidaria, para seguir andando por ese vía crucis que solo él, su redentor, les señalaba. Algunos se tambaleaban haciendo un esfuerzo sobrehumano para mantenerse en pie: viejitos con problemas cardiovasculares, arteriosclerosis, osteoporosis; se arrastraban lerdamente por el piso, casi lamiendo el polvo; mujeres con piernas que parecían de elefante de lo hinchadas que estaban: con unas varices que sobresalían de la piel como lombrices; padres analfabetos que nunca habían llevado a sus hijos a vacunar: cargaban a sus criaturas enfermas de malaria, salmonelosis, sarampión, varicela, rubéola.

"¡Acérquense, acérquense mis queridos fieles! Que solo yo les abriré el camino hacia un mundo mejor. ¡Vivan, disfruten de este momento de fiesta y confraternidad espiritual!"

Mientras pregonaba sus arengas espirituales, señalaba con los ojos al personal de seguridad, para que organizara por filas esa desbordante masa humana que confluía por todas partes de la plaza. Él trataba de tranquilizar a la multitud:

"Guarden la calma por favor y no se desesperen que a todos curaré. Sé que no tienen la culpa por su amarga desdicha, pero quiero que también me entiendan que el sufrimiento forma parte de su *Karma*"

"¡OHHH!... ¡AHHH!... ¡*RAAAH-MA, RAAAH-MA*!", gritaban y gritaban, produciendo una sola ola sonora que vibraba de ovación. El público no entendía lo que hablaba, pero el deseo de ser por fin curados era más fuerte que su entendimiento; repetían eufóricos: "¡Síii... *Kaaar-ma, Kaaar-ma*!

Rahma pegaba la boca al micrófono, alzaba la voz, estiraba la mano derecha, cerrando el puño igual que un guerrero que promete ganar la batalla; les seguía diciendo: "Sí, así es, les purificaré el alma y erradicaré ese demonio que tienen en sus cuerpos... ¡Qué alabado sean los dioses que nos escuchan desde sus templos... ¡Aleluya, aleluya, aleluya!"

Y nuevamente el público drogado de entusiasmo repetía:

"¡Síiiiiii...! ¡Aaaa-leee-luuu-yaaa!... ¡*Raaah-ma, Raaah-ma*!... ¡Viva nuestro Taita! ¡Viva nuestro Salvador! ¡Danos tu fuerza!... ¡Tu fueeer-za!... ¡Tu fueeer-za! "

Se retorcían de dolor por los achaques, exhalando el poco aire que todavía les quedaba, pero ahí continuaban, fieles a sus palabras, rindiéndole culto a su salvador.

Los guardaespaldas y todo el batallón de seguridad que siempre lo acompañaban, se esmeraban para que imperara el orden en la plaza. Los enfermos se acomodaban haciendo filas de dos columnas, que luego convergían formando un embudo de una sola hilera, al final entraban en un cobertizo que había sido preparado especialmente para que *Rahma* los antendiera y curara de sus males. Habían venido de todos los rincones del país: costa, sierra y selva; algunos hasta por avión, cruzando los grandes océanos. A cinco metros de distancia de la entrada del cobertizo, un hombre fornido, alto y calvo vigilaba la entrada. Un viejo ciego, sin darse cuenta, se estaba colando entre los cinco primeros de la fila. El guardia trató de impedirlo, diciendo:

"¡Oye tú!... ¿adónde vas, abuelito? Está bien que estés enfermo, pero aquí todos tienen que respetar el orden."

Los de atrás se habían dado cuenta y le gritaban enervados:

"¡Sí, sí, que haga la cola!" Y otros que tenían menos paciencia, vociferaban: "Ese viejo se hace el ciego... ¡Qué lo saquen, qué lo saquen!"

Nadie tenía paciencia ni tolerancia; muchos habían pernoctado en las calles, con tal de ser los primeros en ser atendidos. Entre ellos se encontraba un individuo que sufría de bulimia; lo curioso que a éste, a pesar de vomitar todo lo que comía, no se le veía flaco ni demacrado – acumulaba los ácidos grasos de los alimentos con gran facilidad. Era tan gordo que impedía a los otros ver el escenario. Los de atrás, fastidiados y fatigados por la larga espera, le insultaban: *"¡Guardia, guardia!... ¡Qué boten a ese chancho que estropea la fila, que no nos deja ver a Rahma!"*. Pero él no se inmutaba, se distraía comiéndose las uñas.

Menos mal que en su fila se encontraban solamente tres personas adelante. Había jurado que cuando viniera a ese lugar, se mantendría todo el tiempo en ayunas –era una forma de rendirle culto a *Rahma*. El pobre estaba que se torturaba por dentro. Nunca en su vida había experimentado tal estado de abstinencia. Tenía una especial predilección por las carnes, se iba al puesto de carnicería del Mercado Mayorista Nr.2 y se compraba un lomo entero de res y luego se metía el dedo hasta la campanilla y vomitaba toda lo que había comido; y así hacía lo mismo con el zancarrón, la rabadilla, la falda, la espaldilla, el costillar, la aguja y la paletilla. Vomitaba tanta carne molida que atoraba todas las tuberías del baño. Pero así se sentía satisfecho. Los días en que se encontraba menos deprimido, se compraba huesos de ternera, cerdo y cordero, los mezclaba todos y se preparaba un buen cocido – después de tantas arcadas, tenía que lubricar esa garganta que le quedaba avinagrada por los jugos gástricos.

Por el otro lado del cobertizo –que más parecía un toldo beduino– se veía como los feligreses salían ya curados, totalmente sanados, irradiando felicidad, como si hubieran empezado de nuevo a vivir. Un anciano que había entrado con una anemia perniciosa, ahora revoloteaba de alegría, saltando como una paloma que recién sale de su nido para aprender a volar; le decía a *Rahma*, ahora con un semblante más rosadito: *"¡Qué alegría, qué alegría!... ¡Me salvaste la vida!"* Otra mujer de mediana edad que había sido invidente, ahora por fin podía diferenciar todos los colores: oraba en cuclillas, besaba el suelo, invocándole en agradecimiento: *"¡Ay, bienaventurado seas Rahma y benditos sean los poderes que te ha dado Dios!... ¡Qué emoción, puedo ver, puedo ver!"*

Y así sucedían uno por uno los milagros: entraban al cobertizo y después de cinco minutos salían renovados, limpios de toda dolencia.

A veces *Rahma*, quien también era obeso (pesaba como 150 kilos), salía de su consultorio beduino, vestido con una túnica blanca para descansar y comer algo exótico que sus asistentes le preparaban. Cuando terminaba de merendar esas mezcolanzas raras con arroz y verduras picantes sazonadas, se acordaba de sus enfermitos, levantaba la mano, haciendo una venia como tratando de compartir sus sufri-mientos, y les daba ánimo, diciendo:

"Tengan calma que ya les tocará el turno, y recen, recen mucho por sus otros hermanos enfermos." Luego se sumergía detrás de las lonas del cobertizo para continuar con sus terapias espirituales.

Su método se basaba, según él, en *la Trilogía Divina,* que consis-tía en curar a los enfermos, mediante el contacto de su cuerpo con el del paciente, transmitiéndole la fuerza curativa de sus dioses y símbo-los divinos que captaba por telepatía; así era como transformaba el do-lor en alivio y la depresión en alegría. Los galenos más experimenta-dos, científicos de la salud, terapeutas y especialistas de la medicina clínica del mundo entero, con toda la sabiduría y conocimientos que tenían, simplemente no podían entender, cómo es que ese curandero hindú obeso, con pinta de hippie, podía lograr tales milagros.

La plaza parecía una sola masa de lamentos y quejidos de dolor, personas que solo expresaban tristeza y depresión en sus caras.

"*¡RAAAH-MA, RAAAH-MA!* … ¡Libéranos, libéranos del dolor, te lo pedimos! ¡Apiádate de nosotros!", gritaban desesperados, botando el último aliento de esperanza.

Algunos mostraban heridas abiertas sangrantes que erosionaban sus pieles: úlceras infectadas, gangrenadas por las miles de bacterias aerobias que rondaban por el ambiente; los más viejos, vomitaban de cansancio, pálidos, transparentes, parecían muertos vivientes: reumá-ticos con ciática, osteoporosis, artritis, artrosis; con todas sus articula-ciones deformadas, abultadas que parecían pelotas; hepáticos conta-giados por todo un abecedario de virus; contagiados con enfermedades venéreas: sífilis, sida, chancro, herpes, gonorrea, chisgueteaban pus por todas partes; personas con alopecia, hipotermia, soriasis, y todo un catálogo de alergias cutáneas y subcutáneas, que por las deformidades que presentaban sus caras y extremidades, parecían monstruos de otro planeta; diabéticos con brazos y piernas amputadas, ya desahuciados; paralíticos y personas con trastornos neurovegetativos; y así, toda una feria de enfermedades patógenas, perniciosas, en muchos casos incurables.

El hombre que sufría de bulimia, ahora tenía solamente a dos personas adelante. Esperaba paciente, comiéndose los restos de uñas que le quedaban.

Conforme iban acercándose más al toldo, la gente hacía lo imposible para llamar la atención. Se disputaban las peores y más dolorosas enfermedades:

"¡*Rahma*, a mí, a mí!", gritaba uno, exhibiendo orgulloso sus heridas infectocontagiosas "¡Atiéndeme por favor, te lo suplico, no me abandones!"

Otra mujer desesperada levantaba a su niño hidrocefálico de ocho años para que lo pudieran ver mejor.

"¡Sal de allí y déjate ver mi Salvador!... ¡Atiende a mi hijo, por favor, que se le va a reventar la cabeza!", la mujer lloraba a mares; mostraba la cabeza deformada de su hijo: "¡Miren, miren cómo la tiene!...¡Ay qué horror, se va morir, se va morir!" Y nuevamente se echaba a llorar como una Magdalena; el encéfalo hinchado del niño se bamboleaba de un lado a otro como una piñata "Te lo dejo en tus manos, *Rahma*... ¡Sal, sal, por favor, sálvalo, sálvalo!"

Atrás le codeaba y empujaba una mujer negra, recia, de unos treinta años; se puso al frente de ella, levantó su blusa, y le dijo en tono agresivo, de pelea:

"¿Por qué quieres que te atiendan a ti primera, ah?... ¿Eres conchuda o te haces? Lo que tiene tu hijito no es nada, mira...", y le enseñaba un seno cercenado por el carcinoma, con un hueco que se le veía hasta las costillas; y el otro que lo tenía también contagiado, todo descolgado, que le llegaba hasta el ombligo y embarrado con una sangre seca, coagulada – olía a carne podrida: "Anda mejor a un médico, que a tu hijito le podrían drenar el agua que tiene en la cabeza con un tubo y se acabó el problema. En cambio yo, sé que en cualquier momento me voy a morir de septicemia, ¿me entiendes?... ¡Déjame, déjame entrar a mí primero!"

La haló a un costado para abrirse paso: la criatura se resbaló de los hombros de la madre y se estrelló contra el piso. Sangraba y respiraba con dificultad. Y nadie, pero nadie ayudaba. La gente miraba al niño cómo se desangraba, inerte en el suelo, y nadie hacía nada: por el contrario, por las enfermedades que padecían –algunas hasta peores que la del niño-, se habían vuelto fríos e insensibles ante el dolor de otros; lo observaban con indiferencia y murmuraban: *"Qué bien, ojalá que se muera, así habrá uno menos."*

La plaza se había convertido en un cuadro espantoso, en un infierno de dolor, la gente ya no podía ni quería esperar más, había llegado al límite de su tolerancia. A excepción de ese hombre que padecía de hambre canina, que ignorando a ese público histérico calmaba su desesperación comiéndose ahora los pellejos de los dedos. Movía el maxilar igual que una hiena: con movimientos cortos, rápidos, precisos, y sin abrir mucho la boca. Sus ojos a ratos se salían de la órbita. Sudaba frío, se le notaba nervioso, muy nervioso, sin embargo procuraba controlarse. Felizmente después del epiléptico por fin le tocaba a él.

Y así fue, el hombre que cuidaba la entrada, respetando el orden de la fila, dejó pasar primero al epiléptico: *Rahma* lo miró de arriba abajo, y al verlo que comenzaba a temblar sin control, botando espuma y moviendo los ojos como ruleta, se concentró en la fuerza divina, entró en trance, y comenzó a sentir inmediatamente la energía de los poderes espirituales de *Brahma, Shiva* y *Vishnú* –las tres divinidades del hinduismo divergente-; levantó su túnica blanca, pegó su voluminosa barriga de ombligo salido en la parte occipital de la cabeza del epiléptico, y le dijo:

"No temas, que con mi ombligo te conectaré con la energía celestial", presionaba el vientre contra su occipucio; moviéndolo como si estuviera haciéndole una sonografía, buscando la conexión con los dioses: "¡Ajá!... qué interesante, los dioses me están diciendo que tu dolencia proviene del lóbulo temporal derecho", hundía la cabeza con más fuerza en la barriga –se perdía entre tanta masa adiposa-; podía sentir el calor de su líquido cefalorraquídeo que le bajaba por las cervicales. Comenzó a investigar descartando causa por causa; se preguntaba y a la vez se contestaba él mismo: *"¿Lesiones cerebrales durante el parto?... No; ¿Falta de oxigeno durante la gestación?... No; ¿Infecciones o tumor cerebral?... No; ¿Meningitis, encefalitis, fiebres?... No"*

Nada, no descubría el factor patógeno de su epilepsia. Hasta que después de varias hamaqueadas y frotadas de cabeza, logró cerrar el circuito energético, o mejor dicho a lo que él llamaba *la Trilogía Divina*, y comenzó a bombardearle el cerebro con los poderes curativos: le dio tres palmazos en la cara, le orinó encima, y frotándole de nuevo con la barriga, le dijo:

"No te asquees por favor, que la urea de mi orín te ayudará a absorber mejor el mal que ha quedado enquistado dentro de tu cabeza. Lo que pasa es que aún no has logrado la absorción e incorporación de tu alma en la esencia divina. La razón de tu tembladera es sicológica y no fisica. ¡Domina, domina tus pasiones y acepta los verdaderos valores de la vida! Tu alma se ha unido a la materia, que esclaviza y degrada tu mente."

Presionaba fuertemente la yema de los dedos en su cuero cabelludo.

"Sí, eso es, ahora lo veo, *Vardahaman Mahavira* me está dando el poder para transmigrarte hacia una naturaleza puramente divina, espiritual, bienaventurada, el *Nirvana*. ¡Que vivan los templos y santos divinos e iluminen a este siervo!"

Desenterró la cabeza de su panza, desprendió los dedos del cráneo, esperó un rato para ver cómo reaccionaba, y al ver que comenzó a parpadear un poco, le dijo:

"Ya está, hijo mío, puedes levantarte e ir tranquilo donde los tuyos, que la divinidad de los templos sagrados de *Brahma* y *Vishnú* te han salvado."

Efectivamente, el hombre se levantó como Lázaro, totalmente curado, observó sus brazos, piernas que ya no temblaban más, y tocándose la cara de asombro se retiró llorando de emoción.

El ánimo en la plaza se caldeaba cada vez más. Reinaba una histeria total. No les importaba si los niños o ancianos cayeran muertos de debilidad o agonizaran en las filas: más importante era llamar la atención para que los atendieran de una vez.

"Mira Ruperto...", le decía uno que sufría de una induración de los elementos conjuntivos y atrofia de las vísceras —comúnmente llamado también cirrosis-, a un asmático que casi no podía respirar: "Si *Rahma* curó a ese epiléptico de setenta años, que pensándolo bien, mejor se hubiera muerto de una vez, a mí que tengo solo cuarenta, seguro que me sanará rapidito. Aparte creo que también se me ha atrofiado el intestino porque hace semanas que no evacuo. Cómo la vez, ¡qué encima también me estoy atorando de mierda, hermano! Te juro que ya no soporto más esta situación."

Discutían sobre sus enfermedades acaloradamente.

"Sí, tienes razón, Carlitos...", le contestaba el otro —era su mejor amigo "Yo ya me olvidé de cuál es en verdad mi color. Figúrate que por el oxígeno que me falta siempre, hay días que me pongo igual que el arco iris. ¡No es justo, no es justo, pues! Ya es hora que nos atienda este brujo brahmánico, porque en los médicos ya no confío. Lo único que hacen es recetar tabletas y más tabletas. Si sigo así, creo que no me voy a morir de asma sino por la úlcera sangrante que me ha salido en el estómago. Esto ya no puede seguir así, nos tiene que atender rápido. Hay que seguir metiendo codo y palo a los demás, mi hermano. ¡Mira allí!...", le advertía atento su amigo asmático. "Aprovecha, aprovecha, que ya cayó otro."

Y así iban abriendo camino entre todo ese público enfermo, sediento para ser curado: se pisoteaban y codeaban entre ellos, aprovechando cada espacio libre que quedaba en las filas.

Al hombre que sufría de bulimia, le había tocado su turno. Los dedos de su mano ya no parecían dedos sino más bien unos tubérculos reventados: todos carcomidos y despellejados por el hambre —los escondía de pura vergüenza. *Rahma* se había dado cuenta y le dijo:

"Pasa, hijo, pasa... échate en la camilla y relájate un poco."

El enfermo se echó y miró apetitosamente la barriga de *Rahma* como si estuviera al frente de una vaca sagrada hindú preñada. Comenzó a experimentar sensaciones insólitas, algo que hasta ahora nunca había sentido. No abría la boca para nada, sus músculos maxilares vibraban.

"Cuéntame... ¿qué es lo que te aflije, hijo mío?", preguntaba *Rahma*, pero él, nada, no decía palabra. El curandero comenzó a levantarse como de costumbre la túnica para iniciar su procedimiento terapéutico con el ombligo.

El hambre canina que trastornaba cada vez más los deseos del hombre, le hacía delirar: movía la cabeza de un lado a otro, trituraba fuertemente los dientes. Hasta que por fin abrió la boca:

"¡HAMBRE, HAMBRE!... ¡COMER, COMER, COMER!", fue lo único que dijo.

Mientras *Rahma* le pegaba la barriga grasosa en su frente, el enfermo aprovechó también para lamerla; le gustaba su sabor: saboreaba su ombligo con la puntita de la lengua.

"Retira esa lengua viciosa de hambre y controla tus deseos.", le advertía *Rahma*; le agarraba la cabeza con las dos manos: "¡Tranquilo, tranquilo!... ¡*SCHHHH*!... ¡Silencio, silencio! Que ahora escucho a *Shiva*, la tercera voz del *Trimurti*... ¡OHHH!..."

Se sorprendió, no se despegaba del enfermo; conversaba en su interior con *Shiva*, su Dios:

"Ah ya, ajá... haré lo que sea tu voluntad, comprendo, comprendo... Mmm, bien, bien, entonces te obedeceré", hablaba solo.

El enfermo volvió a lamerle el ombligo con su lengua áspera y ventoseada. Botaba una saliva gelatinosa que se le quedaba colgada por la boca como una estalactita.

De pronto *Rahma* cambió repentinamente de parecer, y le dijo:

"Mi dios *Shiva* me acaba de decir que ha llegado la hora de despedirme y sacrificar mi cuerpo...", y dejó que continuara lamiendo:

"¡Sigue allí, sigue allí!... Que ahora sé que tú te has reencarnado en él, *el Bendito*. Sí, así es, el renovador de la vida por intermedio de la muerte."

Comenzó a bailar igual que su ídolo, la estatua del *Shiva Danzante*; se despojaba de la túnica y totalmente desnudo frente a él, le dijo:

"¡Oh, mi amado siervo que ahora te has reencarnado en mi Dios!... Ofrendaré mi vida por ti, para que tus otros hermanos enfermos también se curen y reine nuevamente la alegría, y así el poder de la *Trilogía Divina* rondará entre ustedes para siempre."

A la media hora el enfermo salía del cobertizo, contento y muy satisfecho por la comunión, pasándose la lengua, lenta y golosamente por los labios que sonreían.

En la segunda piel

Su estado era crítico, el mercurio del termómetro indicaba que había pasado la barrera de los cuarenta centígrados. Volaba en fiebre. El agotamiento y la debilidad física le obligaban a cerrar los párpados, y en ese vacío sintió que su epidermis comenzaba a desprenderse de la dermis transformándose en un tegumento duro de madera, que iba cubriéndolo. Por fuera parecía un cajón de muerto, un ataúd color negro mate, sin esmalte ni adornos ni incrustaciones ni ornamentos ni nada; simplemente un baúl rectangular de madera y nada más. Sintió terror, mucho terror. Escuchaba voces que lloraban y le decían:

"Pobrecito, cómo sufre, es mejor que descanse en paz."

¿Habrá dejado de existir o era el delirio de la fiebre que le estaba haciendo perder el control de su realidad existencial? Todo le parecía raro, como si su existencia de treinta años se hubiera injertado ahora en una segunda piel dura, enchapada en madera y que sus vísceras se estuvieran fermentado por dentro. Creyó por un momento sentirse a gusto, aliviado, sin ese dolor electrizante que corría siempre por su sistema nervioso y terminaba en sus órganos enfermos.

¿Pero?... ¿y ese olor? ¿ Por qué ese olor? ¿Sería acaso el tufo de la *Muerte*, enemiga implacable del género humano y odiosa a los inmortales? ¿Qué era en verdad lo que estaba sucediendo en su cuerpo que ahora era incapaz de sentir los estímulos dolorosos?

"¡Qué raro... pero si ya no siento esas punzadas en la cabeza, ni las molestias de los bultos en la espalda, piernas y brazos!...", revisaba imaginariamente su cuerpo "... ¡Y ese ardor de la barriga, sí, mi barriga, qué alivio!"

La pestilencia era repugnante; parecía como si le hubieran metido en una fosa de gallinazos muertos. Comenzó a notar que la capa muscular de su cuerpo perdía elasticidad. Su dermis se inflaba y estiraba rápidamente: era dura e inflexible como un cuero viejo. De sus poros emanaba ese olor desagradable, como a hígado descompuesto, y que se quedaba impregnado en las paredes de su epidermis.

"¡Qué horror, qué asco!... ¡dónde estoy! ¡Sáquenme, sáquenme de aquí!", gritaba desesperado.

Por una ranura entraba un poco de oxígeno que le permitía respirar. En su alucinación comenzó a arañar y empujar con las manos; quería salir de allí, volver a su existencia anterior y acordarse de su historia. Pero nada, era imposible, su nuevo estado no le permitía, era como si su individualidad hubiera desaparecido. Se sentía un cadáver viviente.

Tenía la mandíbula parcialmente ajustada con un pañuelo blanco; por una pequeña hendidura de la boca salía una puntita de lengua negra, hinchada por la sangre que se le había coagulado; la barriga se le había puesto dura como un nogal.

Pero había algo que le preocupaba más que esos gases nauseabundos que se acumulaban presionando las paredes de esa, su segunda piel. Eran las larvas, sí, esos gusanos amarillentos, gordos, grasosas, viscosos, que se reproducían rápidamente, alimentándose de sus entrañas con un apetito insaciable: se transformaban en culebras que envolvían lo que quedaba de anatomía, triturando su esqueleto hasta dejarlo en polvo de carbonato cálcico. La cabeza y su cerebro era lo único que quedaban intactos, allí recostada sobre una almohada negra de seda. La cabeza comenzó a crecer como un meteorito amorfo, tenía dos tumores petrificados sobresalidos, eran sus ojos: los movía lentamente, hacía todas las direcciones como rastreando a los seres pluricelulares que se reproducían para hacer familia.

"¡He muerto, he muerto!...", dijo exaltado "¡Mierda!...y yo qué quería seguir viviendo".

De pronto la cabeza dejó de petrificarse, sintió que se ablandaba igual que una esponja congelada que comienza derretirse y que sus jugos corporales volvían a fluir, moldeando nuevamente un cuerpo de figura humana.

Afuera volvió a escuchar voces, muchas voces, con ruidos de máquinas que zumbaban y hacían *Piii - Piii - Piii;* intentó concentrarse en la voz de una mujer que hablaba con alguien:

"¿Y ahora doctor, qué hacemos con él?"

Se sorprendió. Se esforzó para dilatar sus débiles pulmones con aire, despegó sus cansados párpados, encontrándose con una inmensa esfera cóncava de cinco luces que apuntaban a él –parecía una nave intergaláctica: la luz era tan intensa que le secaba los ojos. Por las imágenes difusas que dibujaban sus nervios visuales, creyó en ese momento estar en una sala de operaciones de un hospital o algo parecido. Una pequeña chispa de alegría y esperanza remeció su cuerpo.

¡Qué felicidad, estoy vivo, no he muerto!... ¡Me curarán, me curarán!"

Un hombre vestido de verde, con la mitad de la cara tapada con una mascarilla, estiró sus manos enguatadas de látex, aún embarradas con sangre pastosa y restos de tejidos carnosos, y le contestaba a la mujer quien supuestamente le había preguntado anteriormente, moviendo la cabeza:

"Es una pena, pero ya no se puede hacer nada: el quiste de la barriga ha sido muy grande y parece ser maligno"

Aprovechando que su corazón todavía le suministraba sangre en el cerebro, volvió a cerrar los ojos para decirse resignado:

"¡Maldita sea, me tendré que morir de nuevo!"